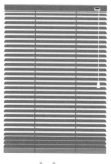

Let it be!

우울증과 함께 살아가는 법

우울해도 괜찮아

문성철 지음

Contents

'우울증에
접속되셨습니다'

"잘될 거야."

새빨간 거짓말. 그 한마디 믿고 너무 많은 걸 지나쳐 버렸다.

잘 안될 수도 있었다. 병이 완치되지 않았으니깐. 하지만 아무도 진실을 말해주지 않았다. 죽을힘을 다해 버티고 있는데 힘내라는 개소리만 계속 들어야만 했다.

언젠가 해피엔딩일 거라고 했다. 웃기고 있네. 대체 무슨 근거인가. 천지를 창조한 설계자라면 모를까. 삶의 끝은 아무도 예측할 수 없다. 억세게 운 좋게 모든 상황이 뜻대로 술술 풀리면 좋겠지만, 그렇게 안 될 확률이 더 높다.

그리고 원래 인생은 즐거움, 분노, 슬픔, 기쁨의 롤러코스터다. 종착역이 슬픔일 수도 있고, 기쁨일 수도 있는 거다.

만약 병이 낫지 않을 수도 있단 걸 알았다면 전혀 다른 선택을 하며 살았을 것 같다. 결벽증처럼 치료에 집착하지도 않았을 거고, 가족을 구할 슈퍼맨이 되려고 매진하지도 않았을 테다.

그보다는 고통과 지혜롭게 동행하려 노력했을 거다. 정답만을 고집하지 않고, 부족하면 부족한 대로 상황에 맞게 유연한 해법을 더 고민했을 거다. 삶을 그래도 견뎌낼 수 있을 정도면 충분하지 않았을까.

✽ 아무것도 하지 않아도 괜찮아

가끔 지난날을 회상하며 내 안의 아이와 대화를 나눠본다. 과거로 돌아가 엄마가 아픈 모습을 처음 목격한 소년 문성철을 만난다면 무슨 얘기부터 해야 할까.

음. 아무 말도 안 하는 게 좋을 것 같다. 그 친구가 이야기하고 싶은 마음이 있다면 들어주기만 하련다. 그런데 아마 말할 기분이 아닐 거다.

그러면 나도 굳이 억지로 캐묻지 않을 거다. 아픈 상처를 후벼 파고 싶지는 않다. 대화하는 상황 자체도 불편하고 어려울 테니깐. 한참 자존심 셀 나이인데 도움받는 것도 죽기보다 싫을 거다.

그냥 옆에서 기다릴 거다. 먼저 말을 걸지도 않을 거다. 그 친구가 입을 열 때만 말을 받아줄 거다. 농담도 하면서 같이 웃고 떠들어 주련다. 24시간 같이 있어 주지는 못하겠지만, 그래도 카톡 오면 바로바로 답문해 줄 거다. 그러면 언젠가 마음의 빗장을 열어줄지도 모르니깐. 그리고 굳이 안 열어줘도 섭섭해하지 않을 거다. 그 선택 또한 존중한다.

운 좋게 그 친구의 속마음을 듣게 된다면 나누고 싶은 에피소드를 이 책에 담았다. '힘내'라는 말도, '잘될 거야'라는 말도 안 할 거다.

그냥 엄마와 나의 이야기를 있는 그대로 들려줄 거다. 중간중간 생각의 소스를 아주 조금만 첨가해서. 맛깔나게, 유쾌하게 말해줄 거다. 가뜩이나 우울해서 힘들 텐데, 굳이 나까지 우울하게 말하고 싶진 않다. 감정은 전염되니깐.

2019년 2월
문성철

I
알면서도
알지 못하는 것들

Let it be!

처참하다 못해 참담하지 않은가.

약의 기운을 빌리지 않고는 자살조차 할 수 없다니.

이런 사람들이 어떻게 다른 사람을 해칠 수 있단 말인가.

우울증 환자의 절대다수는 지금도 여전히

침대 밖으로조차 나오지 못하고 있다.

완전히 사람 잘못 본 거다.

출구는 없지만
그래도 달릴 거야

흑인 택시 기사와 말다툼하며 미국 하버드대학 기숙사에 도착했다. 수백 번 'R' 발음을 소위 '빡세게' 연습했건만, 역시나 택시 기사는 내 말을 못 알아들었다. 혓바닥 수술이라도 해야 하는 걸까. 입국할 때부터 만난 모든 미국인이 그랬다. 답답하다는 듯이 날 쳐다봤다. 내 수준이 겨우 이 정도였나. 기숙사에 도착하자마자 그냥 뻗어 버렸다. 짐도 풀지 못했다. 앞으로 어떻게 생활해야 할지 막막했다.

비행기를 탈 때만 해도 어깨에 힘이 들어가 있었다.

거제도 촌놈이 출세했다고 생각했다. 미국 땅을 다 밟아보고. 그것도 세계에서 제일 좋다는 하버드대학 아닌가. 나 정도면 잘 나가는 거 아닌가 하는 말도 안 되는 착각에 빠졌다. 그런데 웬걸, 도착해보니 이건 뭐 완전히 다른 세상이었다.

하버드대학은 전 세계에서 이른바 명문가의 자제들이 모이는 곳이었다. 대부분이 부유한 환경에서 자라온 친구들이었다. 나처럼 변변치 못한 집안 출신은 입도 뻥끗하기 힘든 공간이었다. 여기 온 것만 해도 감사해야 마땅했지만, 이름조차 알 수 없는 최고급 자동차를 끌고 다니는 학생들을 볼 때마다 다리에 힘이 풀렸다. 젠장. 게다가 그들은 키도 크고 잘생기기까지 했다. 하버드에 입학했으니 공부 잘하는 건 두말할 필요도 없을 거고. 상대적 박탈감과 열등감을 격하게 느꼈다.

✳ 꿈속에 감금되다

밥을 같이 먹을 친구를 찾는 것조차 어려웠다. 미국에서 체류하는 동안 영어 실력을 향상하려면 최대한 현지인들과 어울려야 했다. 하지만 내가 가지고 온 돈으로는 불가능했다. 점심 한 끼로 책정해놓은 돈은 끽해야 몇천 원이었다. 현지 대학생은 씀씀이 수준이 달랐다. 레스토랑에서 친구들과 대화하며 고상하게 밥을 먹으려 했던 계획은 물거품이 됐다. 조금이라도 맛있는 시리얼을 사 먹으려면 손바닥에 땀 나게 인터넷에서 정보를 뒤져야만 했다. 시리얼 종류는 또 왜 그렇게나 많은지. 밥 한 끼 먹으려고 이렇게까지 해야 하나.

답답한 마음에 학교 앞에 있는 작은 교회를 찾아갔다. 대학 인근에서 그나마 숨이라도 쉴 수 있는 공간이었다. 인내심을 가지고 이상한 발음을 끝까지 들어주던 몇 안 되는 친절한 미국인이 있던 곳이었다. 몇 달 다니다 보니 교인들과도 제법 친해졌다. 귀국할 때도 가까워지고 해서 작별인사도 할 겸 교회 행사에 참석했다.

샌드위치와 음료를 먹으며 교인들과 담소를 나누던 중 뜻밖의 얘기를 들었다. 내가 머물렀던 그 교회가 동성애자들이 예배를 드리는 교회라는 거였다. 더는 샌드위치를 씹을 수가 없었다. 보수적인 관점을 견지하는 한국 교회는 일반적으로 동성애를 허용하지 않는다. 평범한 교인이 한국 교회에서 동성애자를 마주칠 확률은 거의 제로다. 나 역시도 이곳에 오기 전까지는 동성애자와 말을 섞어본 적이 없었다. 그런 내가 무려 3개월 동안 그들과 함께 같은 공간에 있었던 거다.

가벼운 인사를 나누고 일상을 나누는 사이였다. 기도 제목을 함께 나누고, 별일 없었는지 서로의 안부를 묻곤 했다. 하지만 단 한 번도 그 사람들이 동성애자라는 걸 느끼지 못했다. 그들은 내가 상상하던 정형화된 동성애자 모습이 아니었다. 분홍색 티를 입고 있지도 않았고, 몸을 비비 꼬면서 눈꼴사납게 이야기하지도 않았다. 나를 뜨겁게 바라보지도 않았다. 내가 별로 매력이 없었던 걸까. 여하튼 그들은 평범했다. 먼저 말하지 않는 한, 동성애자라는 걸 알 수 있는 외형적 단서는 전혀 없었다. 만약 이 교회가 왜 진보적인 교회인지 물어보지 않았다면 아마 지금까지도 몰랐을 거다.

잘 알지도 못하면서 동성애자를 두려워했다. 신문, 영화 등 대중매체에서 본 동성애자의 모습은 말 그대로 '극적'이었다. 가정이라는 울타리를 파괴하는 아주 못된 놈이었고 하나같이 전부 색마였다.

나도 모르게 매체가 생산해낸 프레임에 익숙해져 있었다. 주체적인 사고가 마비돼 있었던 거였다. 무의식적으로 그들이 만들어 준 색깔 렌즈를 끼고 동성애자를 바라봤다. 직접 경험해보지도 않았으면서 그 사람들을 내 맘대로 빨갛게 칠해버렸다.

✳ 우울증의 칼끝은 타인이 아닌 나를 향한다

정신질환자를 바라보는 시선도 매한가지다. 정신질

환자라면 적어도 연쇄살인범 유영철 정도는 돼야 했다. 실체는 중요하지 않다. 정신질환자는 마땅히 그래야만 했다. 위험천만한 발상이다.

최근 '강서구 PC방 살인사건' 피의자가 우울증 진단서를 사법부에 제출했다. 이를 계기로 매스컴은 물 만난 고기처럼 정신질환자들을 신나게 두들겨 패고 있다. 범죄 원인이 명확하게 밝혀지지도 않았건만, 정신건강 문제로 어려움을 겪는 모든 사람을 위험한 사람인 것처럼 매도하고 있다. 피의자가 우울증 진단을 받았는지 아직 밝혀지지도 않았다. 설사 우울증이라고 해도 이러한 특징이 범죄에 어떤 영향을 미쳤는지 규명되지도 않았다. 하지만 대중매체는 우울증 환자가 마치 잠재적 살인마인 것처럼 프레임을 생산해내고 있다.

물론 정신질환으로 현실적인 판단이 흐려져 범죄를 저지른 사람도 있다. 하지만 이는 극히 일부다. 그리고 이들이 위험한 건지, 일반 범죄자가 위험한 건지는 냉철하게 따져볼 필요가 있다.

대검찰청이 2017년에 공개한 범죄분석 보고서에 의하면 정신질환자가 범죄를 저지를 확률은 0.08%밖에 되지 않는다고 한다. 비정신질환자 범죄율이 1.2%인 거에 비하면 월등하게 낮은 수치다. 쉽게 말해 정신건강으로 고통받는 사람보다 평범한 우리가 범죄를 저지를 확률이 더 높다는 거다. 평상시 경계하고 두려워해야 할 대상은 오히려 그들이 아니라, 우리 자신이다. 오해도 이런 오해가 없다.

우울증 환자를 온전히 이해하기만 해도 이러한 생각들이 얼마나 가당치도 않은지 쉽게 알 수 있다. 우울증으로 어려움을 겪는 사람들은 대부분 살인과는 거리가 멀다. 3층 계단에 올라가는 게 힘들어 중간중간 한참을 쉬었다가 올라간다. 밥을 먹을 의욕도, 힘도 없다. 종일 아무것도 먹지 못하다가 침대에서 겨우 기어 나와 약을 먹었다가 토하는 게 일상인 사람들이다. 칼은커녕 숟가락조차 들 힘도 없다.

중증 우울증 환자의 경우 정말로 죽을 힘도 없다.

농담이 아니다. 육체적인 힘을 사용할 수가 없는 거다. 자살하고 싶다는 충동이 일더라도 이를 행동으로 옮길 에너지조차 없다는 말이다. 약을 먹거나 상태가 호전되어야 겨우 극단적인 행동을 시도할 수 있다. 이런 연유로 의사도 항우울제를 복용한 후 기운은 나지만, 우울한 생각이 좋아지지 않는 때를 조심해야 한다고 신신당부한다.

처참하다 못해 참담하지 않은가. 약의 기운을 빌리지 않고는 자살조차 할 수 없다니. 이런 사람들이 어떻게 다른 사람을 해할 수 있단 말인가. 우울증 환자의 절대다수는 지금도 여전히 침대 밖으로조차 나오지 못하고 있다.

완전히 사람 잘못 본 거다.

〈터미네이터 2〉의 망령

가락시장은 전국의 농산물이 모이는 집합 장소다. 지방 곳곳에서 올라온 농산물이 경매에 부쳐진다. 생산자가 가락시장으로 물건을 보내고, 도매상이 경매장에서 이를 사들여 소매상에게 유통하는 시스템이다.

한번은 이곳에서 호되게 신고식을 치른 적이 있다. 드라마를 많이 본 게 화근이었다.

TV에서 주인공이 가락시장에서 물건을 사는 장면을 본 적이 있었다. 주인공은 도매상을 믿을 수 없다는 표정으로 과일상자를 거꾸로 뒤집었다. 밑에 깔려 있던 썩은 과일들을 꺼내 도매업자 눈앞으로 치켜들고선 '이러시면 안 된다'는 말로 도매상을 몰아세웠다. 이것도 모자라서 칼로 과일들을 모두 먹어본 후에야 구매를 마무리하는 장면이었다.

용돈을 벌기 위해 과일 노점을 준비하던 중 드라마에서 봤던 바로 그 장면이 떠올랐다. 언젠가 장사를 해볼 기회가 있다면 저렇게 해봐야지 하고 생각하고 있었는데 때마침 기회가 왔다. 머릿속에 있던 노련한 주인공을 따라 해보기로 했다.

새벽 2시에 일어나 두껍고 까만 잠바를 꺼내 입었다. 이 정도는 입어줘야 소위 '프로페셔널하게' 보일 것 같아서였다. 머리도 일부로 좀 나이 들어 보이게 2 대 8 비율로 정갈하게 가르마를 탔다. 입을 굳게 다물고 집을 나섰다.

✳ 영화는 그저 영화로서만 보자

새벽 3시 나의 무대, 가락시장에 도착했다. 경매가 끝난 도매상인이 소매상을 맞이할 준비를 분주히 하고 있었다. 먼저 수십 명의 도매상인 인상을 쭉 살펴봤다. 조금 친절하게 생긴 사장님을 찍었다. 울그락불그락하게 생긴 사람보단 그래도 인상 좋은 사람이 상대하기 수월할 것 같아서였다. 가격 흥정에서 지고 싶지 않았다.

비장한 각오로 가게 앞으로 걸어갔다. 마침 귤 상자 하나가 열려 있길래 호기롭게 귤 하나를 집었다. 그리고 귤의 한 귀퉁이를 조금 까서 귤 한 조각을 입에 넣었다. 최대한 껄렁껄렁하게 몸을 흔들었다. '귤이 별로네'라는 멘트도 날렸다. 기선제압이 중요하니깐. 이제 다음은 상자를 뒤집을 차례였다.

순간 쩌렁쩌렁한 쌍욕이 들려왔다. 누구 맘대로 귤을 집어먹냐는 거였다. 까던 귤을 조심스럽게 내려놨다. 도매업자는 눈썹을 치켜세우고 날 쏘아보았다. 난 일단 사장님을 진정시키려고 물건 좀 보러 왔다고 말했다. 떨리는 마음에, 많이 살 거라는 말도 덧붙였다. 목소리도 안 나왔다. 기침하고서야 겨우 들릴 정도로 얘기할 수 있었다. 사장님은 들고 있던 상자를 내려놓고 내 쪽으로 걸어왔다. 눈앞이 새카매졌다.

때마침 물건을 가득 실은 지게차가 가게로 들어왔다. 사장님은 바빠서 어쩔 수 없다는 듯이 재수 없다고 꺼지라고 소리쳤다. 지게차가 날 살렸다. 지게차에 길을 터주는 척하면서 가게를 머쓱하게 빠져나왔다.

드라마에서 본 건 '뻥'이었다.

생산자는 과일 상태를 검사해서 등급을 나눈 후, 각각의 품질에 맞춰 상자에 담는다. 구매자는 품질 등급만 보고 사면 된다. 물론 규격화된 공산품이 아닌 만큼 같은 등급 내에서도 약간의 품질 차이가 있을 수 있다. 근데 그걸 판별하는 건 도매업자의 몫이다. 도매상인은 본인만의 노하우와 정보망을 동원해 좋은 과일들을 선별해 구매한다. 나 같은 소매상은 그저 믿을만한 도매업자를 선택한 후 전화로 주문하면 되는 거였다.

도매업자가 실수로 안 좋은 물건을 사서 갖다 주는 때도 있다. 그리고 물건을 납품하는 과정에서 과일이 썩기도 한다. 하지만 이런 경우라도 그냥 얘기만 하면 된다. 그러면 새 물건으로 교환해준다. 과일상자를 뒤집고 싸우고 할 필요는 없는 거였다.

✻ 정신과 철창은 영화 속에만

현대사회에서 영상의 힘은 막강하다. TV, 영화, 드라마 등에서 생산한 이미지는 우리 머릿속을 장악했다. 영상의 마수가 뻗치지 않는 곳은 없다. 의사가 활약하는 병원부터 범죄와의 전쟁 현장까지 삶의 전 영역이 미디어로 재해석된다.

장점도 많다. 접하기 힘들었던 전문 지식을 습득할 수도 있고, 특수한 직업을 가진 사람들을 이해하는 계기가 되기도 한다. 특정 지식을 '대중'화하는 데 큰 공을 세운 건 부인할 수 없다.

그런데 문제는 매체가 현실 상황을 지나치게 왜곡하는 경우가 많다는 점이다. 대중매체도 회사다. 자본주의라는 전쟁터에서 이익을 내고 살아남아야 한다. 생존하려면 광고 수익이 필수다. 광고주를 끌어들이기 위해 구독률, 시청률 등을 높이는데 사활을 걸어야만 한다. 아무도 안 보는 TV, 드라마에 누가 광고를 후원하겠는가. 대중의 이목을 붙잡아두기 위해서는 어쩔 수 없이 이야기 소재를 자극적으로 풀어내야 한다.

당연히 영상에 등장하는 캐릭터도 극단적이어야 한다. 흔한 범죄자에게 대중은 관심이 없다. 경찰마저 두려움에 떨게 할 잔혹한 살인마가 필요하다. 어떤 직업을 가지고 있든지, 어떤 성격이든지 모든 요소가 강렬하게 재창조되어야만 한다.

이러한 구조 속에서 정신건강으로 고생하는 환자도 예외 없이 왜곡된 모습으로 재생산됐다. 병원도 의사도 전부 과장되게, 현실과는 동떨어지게 이미지가 형성됐다. 영화 〈터미네이터 2(Terminator 2)〉가 대표적인 예다.

많은 사람이 액체로봇 'T1000'이 철창을 통과하는 장면을 아직도 회자한다. 이 장면 때문에 정신건강의학과에 입원하면 철창 속에 갇히는 줄로만 안다. 하나같이 여자 주인공 '사라 코너'가 갇혀 있었던 정신병동 모습만을 떠올린다. 육중한 사내 2명이 붙잡고 억지로 약을 먹이고, 약을 안 먹으려고 발버둥 치면 침대에 꽁꽁 묶는 줄로만 안다.

병원을 무슨 감옥처럼 생각한다. 들어가면 죽는 곳으로 바라보는 거다. 그런데 이런 병원은 현실 세계에는 없다. 환자를 탄압하는 의사도, 철창도, 육중한 감시자도 없다. 극적인 재미를 위해 만들어진 허구에 지나지 않는다.

더구나 1991년에 개봉된 영화가 아닌가. 거의 30년이 지났건만 아직도 사라 코너의 형상이 건재하다. 사실도 아니거니와, 그사이 의학 기술과 병원 환경은 급격하게 진보했다.

〈터미네이터 2〉는 이제 좀 잊어버려야 하지 않을까.

알쏭달쏭한
자가진단법

중학생 때 엄마의 행동이 달라졌단 걸 처음 알았다. 사실 이전부터 징후가 있긴 했지만, 난 그냥 엄마가 조금 예민하다고만 생각했다. 그런데 돌이켜보니 그건 분명 지나치게 감정적이고, 극단적인 행동이었다. 단순한 감정 기복이 아니었다.

하지만 그때는 엄마란 사람을 제대로 읽어내지 못했다.

원래 살던 곳에서 충북 청주로 이사 갔을 때였다. 엄마는 새로 이사 온 집에서 마음의 평화를 느끼는 듯했다. 이유는 자세하게 알 수 없었지만, 엄마는 어린 시절부터 활동했던 경상도 지역을 벗어나 청주에 온 뒤 뭔가 안도감을 느끼는 듯했다. 아는 사람이 없어서 였을까. 새롭게 출발한다는 마음에 한동안 행복한 듯 보였다.

평화로운 일상은 그리 오래가지 않았다. 이모로부터 걸려온 전화가 발단이었다. 엄마는 전화를 받을까 말까, 한참을 망설이다 전화를 받았다. 고성이 오고 갔다. 종종 다투는 걸 봤지만 이번에는 수준이 달랐다. 간혹 욕설이 오가기도 했다. 엄마는 온몸을 쥐어짜 '네가 해준게 뭐가 있냐'고 소리쳤다. 마지막 외침이었다. 분에 겨웠는지 동공이 흔들렸다. 무거운 침묵이 이어졌다. 5분 정도가 지났을까, 엄마는 이내 결심이 섰다는 듯이 침착한 목소리로 대답했다. 차분한 목소리였다. '가족이 밥 먹여주나. 너나 나나 알아서 하자'며 전화를 끊었다. 전화를 끊고 엄마는 눈물을 뚝뚝 흘렸다. 그렇게 엄마는 이모와 절연했다.

이때부터 엄마의 정신건강이 급격히 안 좋아졌던 것
같다.

엄마는 이 사건 이후로 많은 사람과 관계를 단절했
다. 근데도 나를 비롯한 가족들은 상황을 별로 대수롭
지 않게 받아들였다. 살다 보면 아무하고도 말하고 싶
지 않은 때가 있지 않은가. 멱살 잡고 싸웠다가 화해할
때도 있는 거고. 그냥 시간이 지나면 괜찮아질 거라고
믿었다.

무엇보다 엄마는 이상해 보이지 않았다. TV에서만
보던 환자의 모습이 아니었다. 이때 만약 엄마가 보내
온 신호에 조금만 더 지혜롭게 대처했다면 엄마가 극
적으로 변하지 않았을지도 모른다.

✳ 삼차방정식보다 어려운 우울증

엄마를 걱정하며 우울증에 대해서 어렴풋이 알아본
적이 있었다. 자가 진단을 할 수 있는 설문지를 구해서

읽어봤다. 우울하거나 희망이 없다고 일주일에 몇 번이

나 느끼는지에 대한 질문들이었다.

【PHQ(Patient Health Questionnaire)-9】

지난 2주 동안에	전혀 없음	며칠 동안	1주일 이상	거의 매일
1. 매사에 흥미나 즐거움이 거의 없다.	0	1	2	3
2. 기분이 가라앉거나 우울하거나 희망이 없다고 느낀다.	0	1	2	3
3. 잠들기 어렵거나 자주 깬다. 혹은 잠을 너무 많이 잔다.	0	1	2	3
4. 피곤하다고 느끼거나 기운이 거의 없다.	0	1	2	3
5. 식욕이 줄었다. 혹은 너무 많이 먹는다.	0	1	2	3
6. 나 자신이 실패자로 여겨지거나 자신과 가족을 실망하게 했다고 느낀다.	0	1	2	3
7. 신문을 읽거나 TV를 보는 것과 같은 일상적인 일에 집중하기 어렵다.	0	1	2	3
8. 다른 사람들이 눈치챌 정도로 평소보다 말과 행동이 느리다. 혹은 너무 안절부절못해서 가만히 앉아있을 수 없다.	0	1	2	3
9. 차라리 죽는 것이 더 낫겠다고 생각했다. 어떻게든 자해를 하려고 생각한다.	0	1	2	3
소 계				
총 점				

소위 '멘붕'이었다. 이게 뭐야. 당연한 거 아냐. 살다 보면 이럴 때도 있고 저럴 때도 있는 거지, 이 무슨 말 장난인가 했다. 기분이 가라앉는다는 기준을 어디에 둘 것인가도 난해하기 짝이 없었다. 감정의 스펙트럼을 무 자르듯이 분명하게 구분해낼 수 있는 사람이 대한 민국에 몇 명이나 있겠는가. 이걸 지금 자가진단표라고 만들어놓은 건지! 화가 났다.

그래도 수면 상태나 피로감 등을 진단하는 건 비교 적 쉬워 보였다. 우울증 환자 대부분이 수면 상태에 문 제가 있어 보였다. 심각한 수준의 불면증을 경험하거나 반대로 잠을 아주 많이 잔다고 했다.

자가진단표로 바라본 엄마의 모습은 특별히 이상이 없었다. 어쩌면 아프지 않다고 믿고 싶었는지도 모른다. 긴가민가하다가 별일 아니라고 결론을 내려 버렸다. 의 사도 아니면서 내 마음대로 엄마를 진단해버렸다.

그런데 나만 그런 게 아니었다. 통계상으로 드러 나는 우울증 환자 수는 64만 명이지만, 세계보건기

구(WHO) 등 전문가들은 한국의 경우 숨겨진 환자가 150만 명 정도 더 있을 것으로 추정한다. 여러 이유가 있겠지만, 증세를 이해하는 게 어려운 것도 한몫했을 거다.

교통사고 등 갑작스러운 사고로 생기는 외상을 제외하고 대부분 병은 우리 몸에 계속해서 신호를 보내온다. 우울증도 마찬가지다. 어느 날 갑자기 벼락을 맞은 것처럼 우울증이 생기는 게 아니다. 쌓이고 쌓인 감정이 계속해서 몸에 신호를 보내지만, 이를 무시하고 병을 키워버린다.

그렇다고 분주한 일상에서 CCTV처럼 24시간 두 눈 부릅뜨고 가족들의 마음 건강 상태를 감시할 수도 없는 노릇이다. 자가 진단도 별 소용이 없다. 분초를 다투며 살아가는 바쁜 현대인이 복잡한 설문 문항을 찬찬히 읽어 볼 만할 여유를 부리기 쉽지 않기 때문이다.

게다가 설문 조항들도 하나같이 모호하지 않은가.

내 마음을 들여다보는
'감정 카드'

감정을 공부해야만 했다. 이건 뭐 입시공부보다 더 어려웠다. 학교 공부는 정답이라도 있지. 그래도 엄마와 소통하려면 해야만 했다. 감정을 글로 적어보기로 했다.

이제는 자유롭게 감정들을 글로 풀어낼 수 있지만, 처음 적을 때만 해도 내 일기는 딱 초등학생 1학년 수준이었다. 심리 상태에 대해 2문장이나 3문장 정도 적는 것도 힘들었다. 'good, sad' 등 내가 잘 알지 못하는 영어 단어로 문장을 지어 짜내는 것처럼, 감정을 표현할 수 있는 단어 그 자체를 떠올리는 일이 매우 힘들었다. 끽해야 기분이 좋다, 나쁘다 정도만 겨우 표현할 수 있었다.

감정을 인지하는 훈련을 하고 싶어서 감정 카드를 활용했다. 카드는 크게 5가지 카테고리로 구분돼 있다. 기쁨, 슬픔, 두려움, 분노, 불쾌/혐오이다. 그리고 각각에 해당하는 감정 표현들이 대분류 아래에 적혀 있다. 아무것도 적혀 있지 않는 백지 카드도 한 장 들어 있는데 이 카드는 '시원섭섭'처럼 2개의 감정을 복합적으로 느끼거나, 정형화하기 어려운 감정을 표현할 때 사용하는 카드였다.

이 카드들을 활용해 일상에서 느끼는 감정들을 일기에 적어봤다. 슬프다면 어떤 슬픔을 느꼈는지, 감정 카드를 살펴보며 내 감정을 구체적으로 파악했다. 슬픔이란 감정도 상황에 따라 미세하게 차이가 있다는 것도 이때 처음 알았다. 다소 유치하다는 생각도 들고, 어색한 느낌도 들었지만, 꾸준히 하다 보니 감정의 스

기쁨 만족스럽다	기쁨 기대되다	기쁨 감동하다	기쁨 고맙다	기쁨 …
슬픔 마음 아프다	슬픔 막막하다	슬픔 비참하다	슬픔 섭섭하다	슬픔 …
두려움 조마조마하다	두려움 당황스럽다	두려움 두근거리다	두려움 불안하다	두려움 …
분노 원망스럽다	분노 억울하다	분노 분하다	분노 화나다	분노 …
불쾌/혐오 부담스럽다	불쾌/혐오 불편하다	불쾌/혐오 답답하다	불쾌/혐오 피곤하다	불쾌/혐오 …

펙트럼을 넓힐 수 있었다. 예전에는 외롭단 말밖에 못
했는데, 이제는 시끌벅적한 모임에서 나 혼자 다른 세
상에 있는 것 같은 '고독감'과 텅 빈 방에 홀로 누워 누
군가의 따뜻한 체온을 그리워하는 '외로움'의 차이를

표현할 수 있게 됐다.

불완전하지만 그래도 엄마와 감정에 관해 대화를 나눌 수 있게 됐다. 이것만으로도 큰 진전이다.

✳ 우울증인 줄 알았는데, 조울증이었어

감정을 읽어내고 표현할 수 있는 역량은 정신건강으로 어려움을 겪는 사람에게 꼭 필요한 능력이다. 심리 상태를 표현해내지 못하면 병원을 찾아가도 실질적으로 도움을 받을 수 없기 때문이다.

일반적으로 의사는 상담을 통해서 환자의 정신건강 상태를 파악한다. 신체검사를 하는 등 여러 수단을 동원하기도 하지만, 가장 기본적인 진단 방법은 환자와의 면담이다. 500문항 정도 되는 설문 조사를 시작으로 지속적인 대화를 통해서 환자 마음 깊은 곳에 숨어 있는 과거의 사건, 생각 그리고 감정을 끄집어낸다.

그렇기에 의사가 아무리 노력한들, 환자가 스스로 자신의 상태를 말해주지 않으면 진단에 한계가 있을 수밖에 없다. 환자가 의도했든, 의도하지 않았든 특정 심리 상태를 숨기기라도 하면 치명적인 오진으로 이어진다. 대표적인 예가 우울증과 조울증의 우울 증상을 구분하지 못하는 경우다.

조울증은 이름 그대로 들떠 있는 상태인 '조증'과 우울감이 계속되는 '우울증'을 오가는 병이다. 조증은 우울증 증상과는 정반대의 양상을 보인다. 먼저 평소보다 말이 빨라지고 대화 방식이 공격적으로 바뀐다. 웅변이나 연극을 하는 것처럼 과장되게 말하거나 혼잣말을 1~2시간 동안 이어가기도 한다. 때에 따라서는 충동적으로 허황한 계획을 세우기도 한다. 알지도 못하는 사업에 즉흥적으로 큰돈을 탕진해버린다.

보다시피 조증이 포함된 조울증과 우울증은 결이 다른 병이다. 그런데 애석하게도 많은 조울증 환자들이 스스로 조증 상태를 인지하지 못한다. 그래서 조증을 겪고 있을 때는 병원을 방문하지 않다가 우울한 상태가 되어서야 병원을 찾게 된다. 당연히 의사는 조증 증세에 대해서는 자세한 정황을 들을 수 없다. 조울증을 우울증으로 오판하게 된다. 환자가 스스로 조증 상황에 대해 말해주지 않는 이상, 의사가 초능력으로 그 사람의 과거를 꿰뚫어 보고 조울증 진단을 내릴 수는 없는 거다.

✳ 고통의 동맹자들은 곳곳에 있어

그렇다고 환자 탓만 할 수도 없는 게 정신건강 문제로 어려움을 겪는 사람은 무척이나 자기 상황을 설명하기 어렵다. 자신이 겪고 있는 증상을 인지조차 못 하기도 하고, 인지를 하더라도 그 모습이 낯설어서 이를 어떻게 설명해야 할지 난감하다.

망상 같은 경우는 더욱 답이 없다. 망상은 그 자체로 소설이자 영화가 아니던가. 소위 '스펙터클'하고, 더럽고, 잔인하기까지 한 망상을 어떻게 누군가에게 조곤조곤 쉽게 설명할 수 있겠는가.

더 안타까운 현실은 위험한 상황을 인지하고 이를 말할 수 있는 능력까지 있지만, 정신건강에 대한 편견이 두려워 말을 못 하는 상황이다. 우울증이라고 밝히는 걸 '사회적 자살'로 생각하기 때문이다. 성인 4명 중 1명이 평생 한 번 이상 정신질환을 겪는다는 걸 알아도, 그건 그거고 내가 걸리는 건 또 다른 문제다. 나도 받아들이기 힘든데, 하물며 나를 믿어주는 가족과 친구들에게 어떻게 우울증에 걸렸다는 걸 알릴 수 있겠는가.

그런데도 용기 내어 입을 떼야만 한다. 그것도 아주 상세하게 말이다. 단순히 우울감 또는 망상을 겪고 있다는 설명만으로는 주변에서 도와줄 방법이 없다.

난 정신건강 문제로 고생한 어머니를 지켜보며 나만의 간호 일지를 적었다. 이유는 단 하나였다. 의사에게 그리고 엄마를 아끼고 사랑하는 사람에게 알리기 위해서였다. 어머니의 일거수일투족을 일지에 기록했다. 목소리 크기부터 감정이 급변하기 전 징후까지 빠짐없이 적었다. 흔들리는 눈빛조차 놓치지 않았다. 심지어 나에게 '야, 이 OOO아!'라고 욕하는 내용까지 그대로 받아 적었다. 물론 격한 감정이 지나가고 자책하는 모습까지도 담아뒀다.

이 일지 덕분에 나는 비로소 주변 사람에게 우리 가족 상황을 객관적으로 알릴 수 있었다. 덕분에 의사에게 조언도 들을 수 있었고, 사람들이 엄마를 오해하는 상황도 어느 정도 막을 수 있었다.

증상을 이해하고 적어내는 과정은 힘겨웠지만, 이를 통해 많은 교훈을 얻었다. 그중 가장 큰 깨달음은 내가 기록했던 증상들이 다른 환자도 똑같이 겪는 증세였다는 점이다. 정신건강의학과 교수가 보는 책에서 흔하게 볼 수 있는 내용이었다. 엄마가 겪었던 상황들이 누군가에게 극비로 해야 할 만큼 무언가 특수하고 희소한 증세가 아니라는 걸 알게 되었다. 많은 사람이 공통으로 경험하는 증상이었다. 이러한 사실을 알게 된 것만으로도 큰 위로가 되었다.

우리 가족만 감내해야 하는 시련이 아니었던 거다. 고통의 동맹자들은 주변 곳곳에 있었다. 나만 몰랐던 거다.

이때의 경험을 바탕으로 내 주변 누군가가 정신건강 문제로 힘들어하면 어머니가 겪었던 증상을 있는 그대로 담담하게, 정확하게 말해준다. 특별히 위로의 말을 건네는 것도 아니고, 어설픈 아니 위험천만한 나만의 해법을 상대방에게 권면하지도 않는다.

이 정도만 말해줘도 충분하다. 병원을 찾아가야 한다는 점도 자연스럽게 알게 되고, 의사에게 어떤 내용을 말해줘야 할지도 스스로 깨닫게 되니깐.

우울증이 보내는 신호

'서울대 법대 ○○ 입학, 의대 ○○ 입학'

교문에 들어서며 플래카드를 볼 때마다 숨이 턱 막혔다. 모두 전국 상위 1%에 들어야만 입학할 수 있는 학과다. 눈 씻고 찾아봐도 미대나 음대는 없었다. 저건 분명 협박이다. 여기에 못 들어가면 너희들 인생 끝난다는 으름장이다. 특정 대학과 특정 학과를 찬양하는 듯한 플래카드는 '주 예수를 믿어라'는 종교적 메시지만큼이나 일방적이었고 부담스러웠다.

공부 좀 한다는 친구들도 약속이나 한 듯이 법학과

나 의과대학에 입학하는 걸 목표로 했다. 선생님들도 은연중에 판검사 같은 법조인이 되거나 의사가 되는 것을 마치 최고의 인생인 것처럼 가르쳤다.

루저가 되고 싶지 않았다. 나도 전력 질주했다. 그들이 말하는 '좁은 문'에 들어가는 일이 나에게도 간절했다. 그곳에 들어갈 수만 있다면 엄마 문제도 해결할 수 있을 것만 같았다. 잠깐이지만, 의사가 될까 하는 생각도 해봤다.

공부만 잘하면 해피엔딩일 줄 알았다. 시험 기간이 되면 박카스를 먹어가며 문제집을 풀었다. 등교하는 시간도 아끼려고, 오답 노트를 만들어서 버스 안에서 읽었다. 모의고사 시험을 볼 때면 한 문제라도 놓치지 않으려 손을 벌벌 떨었다. 시험지에 구멍이 날 만큼 초집중해서 시험문제를 풀었다.

그런데 공부한 만큼 성적이 비례해서 오르지 않았다. 남들 하는 만큼 하면 안 된다고 해서 잠도 줄였고 쉬는 시간에도 공부만 했다. 그래도 성적은 오르지 않앉다. 열심히 공부하면 성적이 오른다고 배웠는데 초조했다. 성적이 떨어지는 만큼 내 기분도 계속 떨어졌다.

학교를 마치고 집으로 돌아가도 또 다른 긴장감이 날 기다리고 있었다. 집에서는 엄마 눈치를 봐야만 했다. 혼자만의 시간을 갖고 싶어서 방문을 닫아 두고 있으면 어김없이 엄마가 문을 열고 들어왔다. 잠깐 정도는 인내심을 가지고 엄마 얘기를 들어줬지만, 대화가 길어지면 나도 지쳤다. 게다가 시험까지 코앞으로 다가오면 나도 예민해졌다. 답답한 마음에 문을 쾅 닫아 보기도 했지만 소용없었다. 더 큰 전쟁만 벌어졌다. TV 소리가 시끄러워도, 엄마가 책상 의자 뒤에서 계속 구시렁거려도 듣는 척이라도 해야만 했다. 엄마의 감정을 받아내는 일은 버거웠다.

어디 한 군데 마땅히 마음 둘 곳이 없었다. 우울한 날들의 연속이었다.

갑갑한 마음에 단짝 친구에게 조심스럽게 내가 좀 이상해진 거 같다고 얘기했다. 아무래도 우울증 같다고 말했다. 친구를 믿고 용기 내어 한 말이었다. 근데 웬걸, 그 말을 들은 녀석이 교실이 떠나갈 듯이 웃었다. 네가 우울증이라면 자기 손에 장을 지진단다. 아…… 솔직한 녀석 같으니라고. 한 대 쳐버리고 싶었다.

하지만 맞는 말이었다. 난 우울증 환자가 아니었다. 우울감을 심하게 겪었을 뿐.

✳ 우울감과 우울증을 구분하는 일은 누구나 어렵지

우울증을 올바르게 이해하지 못해 벌어진 해프닝이었다. 감수성 예민한 청소년이라면 누구나 겪는 스트레스였다. 사춘기 때는 정도의 차이는 있겠지만, 대부분이 성적 때문에 고민하고 부모와의 갈등 때문에 힘들어한다. 나의 경우가 친구와 달랐던 점은 엄마가 정서적으로 불안정했다는 거다. 하지만 친구들도 각자 말 못 할 슬픈 사연은 하나둘씩 가지고 있었다. 어려움의 주제가 달랐을 뿐이지, 모두에게 힘든 시간이었을 거다. 이 시기 정서적 격랑을 겪었다고 해서 모두가 정신 질환자가 되는 건 아니다.

그리고 나처럼 우울증 환자라고 말할 수 있을 정도면 역설적으로 우울증 환자가 아니거나 아마 병세가 호전된 상태일 거다.

우울증으로 사투를 벌이고 있는 사람은 되게 사교적 상황 자체를 두려워한다. 여러 사람이 어울리는 곳에 잘 나오지도 않거니와, 어쩔 수 없이 나온다고 해도 본인 감정을 절대 얘기하지 않는다.

그래도 밖에 나올 수 있는 정도면 양호한 상태다. 움직일 힘도 없다. 집 밖으로 나오는 것은 물론이거니와, 침대 밖으로 빠져나오기조차 힘들다. 오후 9시에 잠자리에 들어도 다음날 오전 11시까지 꼼짝달싹할 수 없다. 침대에서 일어나는 데만 몇 시간이 걸린다.

샤워하는 생각만으로도 지쳐버리는 사람들이 밖으로 나와 내가 우울증 걸렸다고 동네방네 떠벌리고 다닐 리 없다.

그런데 이러한 해프닝을 웃어넘길 수만도 없는 게 우울증을 인지하는 게 매우 어렵기 때문이다. 평범한 사람이 우울감과 우울증 상태를 구분하기란 쉽지 않다. 슬픔이란 감정이 일상에서 흔하기 때문이다. 슬픔이 계속되는 건지, 우울감이 계속되는 건지 구분하기가 난해하다. 그냥 컨디션이 좀 안 좋은 거로만 생각해 버린다.

실제로 보건복지부의 정신건강 실태조사에 따르면, 스스로 우울증임을 깨닫고 전문가를 찾아 진료를 받는 데까지 걸리는 시간이 평균 84주라고 한다. 어림잡아 2년이다.

아니, 어떤 환자가 아픈 지 2년 만에 병원을 찾아간단 말인가. 경제적으로 어려워 병원비를 감당할 수 없거나 개인 가치관 등의 이유로 스스로 치료를 거부하는 경우가 아니라면, 병에 걸리자마자 병원으로 가는 게 지극히 상식적인 행동이다. 감기에 걸리지 않으려 매년 예방접종을 하거나, 감기 기운이 감지되면 병원으로 달려가 센 놈으로 주사 한 방 놔달라고 하는 것과는 전혀 다른 풍경이다.

사회적 자살을 선고받는 게 두려워서 병원을 못 찾아가는 사람도 많겠지만, 그 이전에 자신이 우울증 환자라는 걸 인지하지 못해서 못 가는 경우도 많은 거다.

통상 우울한 기분이 2주일 이상 계속되어 개인 생활을 할 수 없게 되면 우울증으로 본다. 특별한 이유 없이 며칠 동안 아무에게도 말을 하지 않았다거나, 주변 사람과 대화가 힘들어졌다면 합리적으로 의심해봐야 한다. 친구 대부분이 박장대소를 터트리는 상황인데 혼자만 웃지 못하거나 별로 슬프지도 않은 상황에서 눈물이 흐르는 상황도 매한가지다.

어떤 형태로든 우울감 때문에 일상생활이 어려워진다면 상담을 받아보는 게 좋다. 몸이 으슬으슬하면 가정의학과를 찾듯이, 정신이 으슬으슬하면 정신건강의학과로 가봐야 한다. 병을 묵힐 필요는 없다.

세상에서 유일한 만병통치약

뭐라도 해야만 했다. 답답한 마음뿐이었다. 그즈음 서점에 들렀다가 숨겨진 비기 한 권을 발견했다. 바로 '뇌과학'에 관한 책이었다. 빛이 났다. 저건 분명 길이요, 진리였다.

학창시절, 거의 모든 걸 혼자 해야만 했다. 밥을 사먹는 건 일상이었고 빨래나 청소도 도맡아 했다. 나도 그 시절 또래 친구들이 그러는 것처럼 부모님께 따뜻하게 사랑받고 싶었고, 보호받고 싶었다. 부모님이 싸주는 도시락이 먹고 싶기도 했고, 비 오는 날 엄마가 우산을 들고 학교 정문 앞에 서 있어 주기를 바라기도 했다.

그렇지만 상황을 바꿀 방법은 없었다. 이 상황을 모면할 수 있는 다른 방법을 찾아야만 했다. 어떻게 하면 마음속의 슬픔과 부정적인 생각들을 떨쳐버릴 수 있을까 고민하던 중, 책에서 뇌를 훈련할 수 있는 명상법을 알게 됐다. 애플 창업자인 스티브 잡스가 30년 넘게 수련했다는 명상과 유사한 방법이었다.

난 진지하게 뇌 속에 긍정 회로를 만드는 사고 훈련을 시작했다.

'수리수리마수리!'

✱ 침대야, 정말 미안한데 좀만 더 기대고 있을게

뇌과학자에 의하면 뇌는 생각대로 움직인다고 했다. 시냅스로 연결된 신경세포들이 상호작용하면서 뇌의 활동이 이뤄지는데, 특정 생각이나 행동이 반복되면 회로처럼 뇌에 작은 길들이 생긴다는 거였다. 그리고 이 길들이 모여 하나의 큰길을 형성하게 되고, 궁극적으로 뇌의 체계가 바뀐다는 설명이었다. 요컨대, 긍정적 사고 훈련을 꾸준히 하면 사고와 감정 체계를 담당하는 뇌의 일부 기능을 바꿀 수 있고 결과적으로 바람직한 인격을 가진 인물로 거듭난다는 이론이었다.

이 훈련으로 실제로 많은 득을 보았다. 부모님이 투병 생활을 이어가는 동안 내 '멘탈'을 지켜낼 수 있었고, 어려운 여건 속에서도 공부를 포기하지 않을 수 있었다.

그런데 여러 가지 긍정적인 효과에도 어쩔 수 없이 부정적인 감정에 KO패 당하는 때는 꼭 있었다.

학창시절, 엄마가 없으면 어색해지는 자리가 있다. 졸업식 등의 행사에 참석해야 하거나, 싸움 등 사고를 쳐서 수습해야 할 때 같은 경우다. 이런 순간들이 고역스러웠다. '어머니는 어디 계셔?'라는 질문을 들을 때마다 눈을 내리깔아야만 했다. 할 말이 없었다. 출장 가셨다고 하거나 몸이 좀 편찮으셔서 집에 있다고 둘러 댔지만, 들통날 거짓말이었다. 서로 알면서도 불편하지 않게 모른 척하는 것뿐이었다.

중학교 때 전학을 하게 되었는데 역시나 어머니는 나를 도와줄 수 없었다. 전학 갈 학교에 처음 등교하던 날, 어쩔 수 없이 홀로 교무실에 들어갔다. 아침 8시가 조금 넘은 시간이었다. 최대한 씩씩한 척, 아무렇지 않은 척 말문을 열었다.

"저, 오늘 전학 온 학생입니다. 어디로 가면 될까요?"

선생님들은 다소 놀란 눈치였다. 예상한 대로 어머니는 어디 계시느냐고 물었고, 난 어색하게 어머니는 연락이 어려우니 반을 배정해달라고 부탁드렸다. 부모님은 앞으로도 학교 오기가 쉽지 않은 상황이니, 가정통신문이나 등록금 같은 고지서들은 나에게 직접 달라고 했다. 길고 무거운 하루였다.

그날 학교를 마치고 집에 오자마자 탈진해서 쓰러

졌다. 이른바 '긍정의 힘'으로 씩씩하게 살아왔지만, 그런 순간만큼은 어쩔 도리가 없었다. 기진맥진하여 종일 자는 수밖에 없었다. 단단하게 훈련했다고 생각했는데. 스트레스 상황에 속수무책이 된 하루였다.

✱ 삶에는 여러 가지 도구가 필요하다

하나의 학문 또는 관점만으로 인간을 이해하려는 시도는 애초부터 불가능한 일이었다. 인간은 실로 복잡한 존재다. 온몸은 지구 두 바퀴 반만큼 긴 혈관으로 연결되어 있고 뇌 속에는 1,000조 개나 되는 시냅스 연결망이 있다.

이런 인간을 하나의 개념으로 단순화할 순 없다. 머리로는 알지만, 막상 현실로 돌아오면 자신이 알고 있는 아주 작은 지식에 기대어 세상을 바라보려 한다.

내가 그랬다. 학창시절 난 삶의 코너에 몰려 있었고, 다급한 마음에 뇌과학 하나만 간절하게 붙잡고 늘어졌다. 뭔가 복잡하게 생각하거나 공부하기도 싫었다. 한 분야에만 집중해 시간과 에너지를 아낄 수 있는 가장 효율적인 방법을 찾고 싶었다.

처음에 뇌과학 이론들을 알게 되었을 땐 정말 세상의 비밀을 알게 된듯한 기분이었다. 이것만 잘 활용하면 온갖 문제를 다 해결할 수 있을 것만 같았다. 성적을 올릴 방법도, 질병에 대처하는 효과적인 방법도 전부 다 뇌과학에 있다고 믿었다.

당연히 뇌과학은 만병통치약이 아니었다. 지금 생각해보면 나의 무지함과 어리석음에 얼굴이 화끈거린다.

그런데 마냥 나무랄 수만도 없는 게 사람이 극한 상황에 몰리면 누구나 평정심을 잃게 된다. 어떻게든 살아야 한다는 절박한 마음에 손에 잡히기만 하면 그게 설령 쓸모없는 지푸라기일지라도 쉽게 놓지를 못한다. 굿을 한다거나 이상한 사이비 종교에 빠지는 사람들을 어리석다고 손가락질할 수 없는 거다. 오죽하면 그러겠는가.

하지만 어려운 때일수록 침착하게 다양한 해법을 모색해봐야 한다. 우울증을 치료해나갈 때도 마찬가지다. 하나의 관점에 지나치게 집착하는 '결벽'을 경계해야만 한다. 우울증의 원인은 실로 변화무쌍하다. 상실감 및 스트레스 때문에 우울증이 시작되는 때도 있고, 세로토닌 등 신경전달물질에 이상이 생겨서 우울증에 걸리는 때도 있다. 또, 뇌에 직접적인 이상이 없더라도 갑상선 기능 저하 등 다른 신체적인 질병 때문에 우울증이 발생하기도 한다. 기계나 컴퓨터처럼 인과관계나 논리 구조가 딱딱 맞아떨어지지 않는다. 심리학, 약학 등 한 가지 안경만을 끼고 바라보는 잘못을 저지르면 안 된다.

망치만 붙잡고 있으면 모든 문제를 못으로만 바라보게 된다. 나사를 망치로 때려봐야 망가질 뿐이다. 삶에는 여러 가지 도구가 필요하다. 나사를 조여야 할 때도 있고, 톱으로 잘라야 할 때도 있는 거다.

하나의 도구만으로 우울증을 뚝딱 고쳐버릴 순 없다.

자살한 사람의
'심리적 부검'

'심리적 부검'이란, 자살한 사람의 마음을 읽어내는 과정이다. 전문가들이 자살한 이의 과거 행적을 수집하고, 가족 등 주변 사람과의 면담을 통해 자살 원인을 과학적으로 밝혀낸다. 수집하는 정보의 범위는 방대하고 치밀하다. 의료 기록부터 시작해서 재산 상황, 학력, 병력 등 고인에 대한 모든 것을 총망라한다. 심지어 휴대폰 메시지부터 인터넷에 쓴 글까지 들여다본다.

핀란드는 국가 차원에서 심리적 부검을 체계적으로 활용해 자살률을 낮추는 데 성공했다. 1987년 1년 동안 발생한 자살 사건 1,397건을 부검해 자살자 3분의 2 이상이 우울증을 겪고 있다는 사실을 밝혀냈다. 그리고 이들 대부분이 우울증에 걸렸다는 것조차 모른 채 사망했다는 점도 발견했다.

핀란드 정부는 이러한 데이터를 기반으로 병원을 찾는 환자들이 빠짐없이 우울증 검사를 받을 수 있도록 조치했다. 우울증 환자를 조기에 발견해 치료에 도움을 줄 수 있다면 자살 예방에 큰 효과가 있을 거란 생각에서였다.

정책은 효과를 발휘했다. 10만 명당 30명에 달했던 핀란드의 자살률은 16명으로 절반 수준까지 떨어졌다. 무엇보다 정신건강을 바라보는 관점 자체가 달라졌다. 암을 예방하듯, 고혈압을 예방하듯, 정신건강도 예방이 중요하다는 점을 국민에게 일깨워줬다.

단어가 주는 중압감은 상당하지만, 심리적 부검만큼 정신건강을 체계적으로, 종합적으로 바라볼 수 있도록 도와줄 수 있는 개념이 또 있을까 싶다. 몸 전체를 갈라

헤쳐 사인을 검사한다는 의미인 '부검'은 단어 그 자체로 정신건강에 대해 우리가 어떻게 접근해야 하는지를 직관적으로 보여준다.

현대 정신의학 수준은 우울증을 원인별로 명확하게 나누지 못한다. 환경, 성격, 유전 등 다양한 요인이 섞여 증상이 나타나는 걸 통틀어 우울증이라고 칭할 수 있을 뿐이다. 바람이 존재하는 건 알 수 있지만, 어디에서 바람이 불어오는지 시작 지점을 분명하게 알 수 없는 것처럼, 우울증의 원인을 콕 찍어 단순하게 얘기할 수 없다.

답답하겠지만, 장님 코끼리 만지듯이 하나하나 알아나가는 수밖에 없다. 모든 것이 단서이니 무엇 하나 소홀히 여기면 안 된다. 생각, 감정, 뇌 그리고 온몸을 구석구석 살펴봐야 한다. 부검하듯이.

원인이 불분명하고 복잡하니 치료법도 복잡다단하다. 갑상선 등 관련이 없어 보이거나 작아 보이는 신체 질병일지라도 꼼꼼하게 보살펴 줘야 한다. 일상생활에서 무심코 지나쳐버리는 감정도 놓치면 안 된다. 이런 사건들이 쌓이고 쌓여 정신건강이 망가지기 때문이다. 힘들어도 몸과 마음 전체를 구석구석 치료해나가야 한다.

✳ 감정 폭풍에서 빠져나가기

우울감이 우울증으로 발전하고 우울증 때문에 자살에 이르게 되는 일련의 과정을 이해한다면, 내 안의 슬픔을 객관적으로 관찰하려는 시도가 왜 중요한지 충분히 이해했을 거다. 시작은 흔히 이야기하는 사소한 감정이다. 이것이 발단이 되어 정신건강이 나빠지고 최악의 사건까지 일어나는 거다. 소중한 나를 지키려면 항상 깨어 있어야 한다.

나도 한때 어리석게 자살 감정에 휘말렸던 적이 있었다. 한참 감수성 예민하고 인간과 삶에 대해 올바른 가치관과 지식을 충분히 배우지 못했던 때였다.

답답한 마음에 베란다에 나간 게 시발점이었다. 10층

난간에 서서 거리의 가로등 불빛을 바라보고 있노라니 허무했다. 이렇게 아등바등 사는 게 무슨 의미가 있나 하는 생각이 들었다. 눈에 눈물까지 고이자, 세상 모습이 더 처량해 보였다.

감정선이 바닥을 쳤고, 나도 모르게 뛰어내려야겠단 생각에 창문을 열었다.

문을 열자 찬바람이 내 뺨을 때렸다. 그제야 마취에서 깨어난 사람처럼 추위가 느껴졌다. 눈물을 닦고 심호흡을 하니 정신이 들었다. 잠시 훌렸다. 진정하고 내 감정을 펼쳐놓고 하나씩 정리해봤다.

먼저 떠오른 건 지긋지긋한 이 생활을 대체 언제까지 반복해야만 하는 걸까였다. 그때 난 부모님 병간호로 육체적으로도, 심적으로도 상당히 지쳐있었다. 아버지는 뇌졸중으로 중환자실에 계셨고, 어머니는 정신건강 문제로 사투를 벌이고 있었기 때문이다.

그런데 차분히 생각해보니 필연적으로 끝이 날 싸움이었다. 부모님은 인간이기에 언젠가 돌아가실 거다. 죽으로고 곡을 하는 게 아니라 인간의 삶이 유한하다는 건 명명백백한 자연법칙이다. 부모님 나이나 건강 상태를 냉정하게 고려해볼 때 오래 사셔봐야 10에서 20년 정도일 것 같았다. 이 시간을 지혜롭게 이겨내면 언젠가 새로운 인생 2막을 시작할 수 있었다.

그리고 엄마, 아빠가 힘들어하는 모습을 보면서 내가 느꼈던 우울감이나 슬픔도 당연한 감정이었다. 사람이라는 증거였다. 나를 키워주고 아껴주신 부모님이 아픈데 어느 누가 마음이 아프지 않겠는가.

돌이켜보니 문제는 나의 감정선이었다. 감정의 늪에 빠져 일시적으로 오판을 내린 거였다. 찰나의 감정을 걷어내고 생각의 실체를 구체화해 보니 마음이 안정되었다. 가짜 감정에 중독되어 하마터면 죽을 뻔했던 거다.

평소에 몸과 마음을 종합적으로 보살피고 있었다면 이런 일은 애당초 없었을 거다.

우울증을 잘 견뎌내던 사람이 자살을 결심하는 순간은 정말 '순간'이다. 신중치 못하다는 뜻이 아니다.

오랜 시간 동안 고뇌하고 어렵게 내린 결정이란 것도 충분히 이해한다. 이것저것 다 해봤지만, 도저히 방법이 없어서 선택한 길이 아니었겠는가. 오죽했으면 그랬을까. 자살을 결심하는 사람의 상황을 결코 가볍게 보는 건 아니다.

그런데도 자살을 시도하는 순간은 감정 폭풍에 휩싸여 있는 거다. 이들 중 대부분은 정신을 차린 후에 자신의 어리석었던 결정을 후회한다. 이런 연유로 자살 예방 활동을 펼치는 전문가들은 그 순간을 놓치지 않으려 매진한다. 한때의 감정 격랑을 이겨내면 다시 진정하고 정상적인 생활로 돌아갈 수 있기 때문이다.

답답하고 마음이 어렵겠지만, 그렇다고 찰나의 감정에 내 몸을 절대로 내어주면 안 된다.

II

지옥에서 즐기는
카라멜 마끼아또
한 잔

Let it be!

웃음이 뇌와 신체에 긍정적인 변화를 가져오는 것처럼

눈물도 우리에게 안정감과 편안함을 제공해준다.

그런데 웃으면 복이 온다고 그 난리를 치면서 억지로라도 웃으라고 하는데

정작 울음을 권하는 사람은 없다.

눈물을 흘릴 낌새만 보여도 '왜 그래 울지 마'라고 간곡한다.

아직 본격적으로 울지도 않았는데 말이다.

'Z 코드(일반 상담)로
부탁드려요'

나는 늦깎이 대학생이었다. 군대를 제대하고 25살
이 되어서야 연세대학교에 겨우 입학했다. 학교에 입
학할 때만 해도 한없이 기뻤다. 명문대에 입학해서라기
보다 늦은 나이에도 끝까지 포기하지 않은 내가 자랑
스러워서였다. 투병하시는 부모님을 바라보며 얼마나
많이 방황하고 힘들었던가. 그동안 겪었던 어려움을
보상받는 느낌이었다. '고난 끝에 행복'이라더니 앞으
로는 전부 잘 풀릴 것만 같았다. 하지만 만족감은 그리
오래가지 않았다.

휴학하지 않고 쭉 순탄하게 공부해왔다는 가정하에 한국 사회에서 25살이라는 나이는 취업을 준비하거나 이미 사회생활을 시작해야만 하는 나이였다. 한국 사회 특유의 '적령기'라는 고정관념은 대학교에서도 건재했다. 신입생은 마땅히 20살이어야 한다는 암묵적 룰을 깬 난, 입학과 동시에 이방인 취급을 받아야만 했다.

입학 동기들은 나이 많은 형을 신기하게만 쳐다봤고, 선배들은 자기보다 나이 많은 후배를 그다지 예뻐해 주지 않았다. 알게 모르게 모임에서 소외됐다. 처음에는 어떻게든 한국식 선후배 문화에 맞춰 나를 낮추고 어울리려고 노력도 해보았지만, 굳이 이렇게까지 해야 하나 하는 마음에 그냥 무시해버리기로 했다. 이때만 해도 '늦깎이'라는 꼬리표가 평생 날 따라다닐 줄은 꿈에도 몰랐다.

✻ 바닥을 알 수 없어서 두려운 거야

'늦깎이'라는 도장이 내 이마에 선명하게 찍혀 있다는 걸 알게 된 건 취업 준비를 하면서였다. 삼성전자 서류전형과 직무적성검사를 통과하고 면접 전형에 참석했을 때였다. 객관적인 숫자로 평가받는 1차 서류전형을 통과하고 당당하게 면접 전형에 올라왔건만, 면접관은 나를 이상한 눈으로 쳐다봤다. 왜 다른 지원자들과 다르게 25살에 대학을 갔는지 의심의 눈초리를 거두지 않았다.

아니, 범죄를 저지른 것도 아니고 어려움을 딛고 여기까지 왔건만. 격려는 못 해줄망정 심사위원은 무슨 빨갱이라도 선별하는 것처럼 날카로운 눈초리로 날 꼼꼼하게 들여다봤다. 오로지 실력만 본다는 세계 최고 글로벌 기업이 아니었던가. 영업마케팅 직군에 지원하려고 그동안 쌓아 올린 해외연수 경험과 인턴 경험에 대해서는 정작 자세하게 묻지도 않았다. 왜 자꾸 내가 늦게 대학에 입학한 것과 다른 지원자보다 나이가 많은 점에만 그토록 집착하는 건지 답답했다.

늦은 나이에 대학에 입학한 '경위'를 설명하려면 어쩔 수 없이 부모님의 이야기를 꺼내야만 했다. 하지만 선뜻 입이 떨어지지 않았다. 엄마가 정신건강 문제로 고생했다는 걸 면접관이 알게 되면 나도 혹시 잠재적 정신질환자로 낙인찍혀버리지는 않을까 두려웠다. 나 같은 경우는 게다가 아버지께서도 뇌졸중으로 투병하시다가 돌아가셨는데, 혹시나 '건강한 일꾼'으로 보이지 않을까 봐 조심스러웠다.

고심에 고심을 거듭하다 부담스럽지 않은 수준에서 얘기를 해보기로 했다. 면접에서 모든 걸 숨길 수도 없었고 또 거짓말을 할 수도 없는 노릇이었다. 그래서 부모님께서는 건강이 갑작스럽게 안 좋아지셔서 먼저 세상을 떠났다고 두리뭉실하게 답변했다. 종종 어디가 아프셨냐고 자세하게 묻는 사람도 있었지만, 남자 어른들이 공감할 만한 뇌졸중만 살짝 언급했다. 그것도 중풍이란 단어로 순화해서 말이다.

억울했다. 부모님 투병상황과 업무능력이 무슨 상관이 있단 말인가. 실력으로만 따지면 꿀릴 게 하나도 없었다. 학업 우수상을 연이어 받을 만큼 학점도 괜찮았고, 미국 하버드대학 연수부터 인도네시아 인턴 경험까지 누구보다 착실하게 해외 영업을 준비해왔기 때문이다.

하지만 안경을 치켜올리는 면접관 앞에선 한없이 작아졌다. '늦깎이 대학생'이라는 꼬리표 하나 때문에 말이다. 온 정신을 집중해 유복한 가정에서 밝고 씩씩하게 자란 청년인 것처럼 미소 지어야만 했다. 면접에 임하는 구직자 대부분이 그렇듯이 나도 절박했다. 어떻게든 꼭 뽑혀야만 했다.

✱ 평생을 따라다니는 꼬리표

정신건강 문제로 어려움을 겪는 사람과 그의 가족은 정신질환자로 '낙인'찍혀 사회생활 또는 가정생활이 깨지는 상황을 극도로 두려워한다. 난 당사자가 아닌 아들이었는데도 별의별 생각이 다 들었는데, 하물며 정신질환으로 고생하는 사람은 어떤 심경이겠는가.

당장 취업부터 걱정이다. 대놓고 말하지는 않지만, 이른바 '용모단정' 상태부터 가정환경까지 꼼꼼하게 살펴보는 면접에서 정신질환에 대한 병력을 감히 말할 수도, 말해서도 안 된다. 성공의 사다리에 올라탄 임원들이 볼 때 우울증을 앓고 있는 사람은 그저 정신력이 나약한 인간일 뿐이다. 최고의 성과를 내야 하는 우리 팀에 있어서는 안 될 '관심사병'이다. 심지어 일부 몰지각한 리더는 자신이 썩어빠진 정신력을 싹 개조해주겠다는 만용을 부린다.

주변에서는 아무렇지도 않게 요즘 그런 게 대수냐고 하지만, 막상 병력을 가진 사람 입장은 그게 아니다. 우울증 환자에 대한 오해부터 공동체에 해가 될 수 있다는 낙인까지 모든 것이 두렵기만 하다. 우울증을 앓고 있는 사람이 자기 상황을 말하기 어려운 이유다.

이런 상황을 개선해보고자 보건복지부는 정신과 진료를 할 때 약물 처방을 받지 않는 경우, 의사가 정신질환을 의미하는 'F 코드' 대신 일반 상담을 의미하는 'Z 코드'로 건강보험료를 청구할 수 있게 해뒀다. 의사가 F 코드 대신 Z 코드로 보험료를 청구하면 환자의 정신 질환명을 기록으로 남기지 않아도 되기 때문이다. 물론 여기에는 대가가 있다. Z 코드를 사용할 경우 약물 처방은 보험 적용을 받을 수 없다. 상대적으로 비싼 비용을 부담해야 한다.

이외에도 환자의 사생활을 보호하는 장치들은 사회 곳곳에 있다. 의료법상 개인의 진료기록을 누군가가 임의로 열람하는 것 자체가 불법이다. 그리고 같은 병원에서도 정신과 전문의의 승인이 없으면 다른 의료진이 환자 진료기록을 함부로 볼 수도 없다.

그런데도 정신건강의학과 진료를 꺼리게 되는 건 '그래도 혹시나' 하는 염려 때문이다. 조금이라도 여지를 남기고 싶지 않은 거다. 기록을 남기지 않는 건 환자에게는 절박한 일이다. 만에 하나라도 자신의 상황이 노출되었을 때 회사나 학교에서 겪어야만 할 상황들이 끔찍하게 두렵기 때문이다. 취업 또는 승진 등 사회생활에서 불이익을 받는 것도 두렵지만, 무엇보다 인간관계가 망가지는 상황이 제일 무섭다.

우울증이라는 꼬리표는 24시간 따라다닌다. 사회 분위기가 아무리 좋아지고, 내 주변에 아무리 깨어있는 사람이 많다 할지라도 우울증 환자라고 알려지는 순간 끊임없이 불편한 상황과 마주해야 한다.

예를 들면, 가족들과 정서적 교감을 하는 일상적인 행위조차도 부담스러워진다. 대화 중 '오늘은 좀 힘드네' 한마디만 해도 주변 사람들이 눈을 휘 동그랗게 뜨고 '괜찮아'라고 묻는다. 그냥 소소한 일상을 나누고 싶었을 뿐인데 말이다. 99번을 훌륭히 이겨내고 딱 한 번 우울감에 쓰러졌건만, 사람들은 병이 또 도진 거 아니냐고 책망을 해댄다. '약 안 챙겨 먹은 거 아니야'라는 말은 더 듣기 싫다. 챙겨주고 싶은 마음은 알지만,

이런 상황 자체가 억울하고 답답하다.

세상 그 어떤 누구도 감기 걸린 사람에게 '또 감기 걸렸어? 어떻게 몸을 관리했기에 감기에 걸려?'라고 닦달하지 않는다. '큰일 날 수도 있어. 약 안 먹으면 네 인생 끝나'라고 환자를 겁박하지도 않는다.

우울증 환자에게도 '그냥 그런가 보다' 해주면 얼마나 좋을까.

시간의 늪,
우울증으로 가는 길

인도네시아 수도 자카르타에서 난생처음 보는 부실한 경비행기를 타고 칼리만탄섬으로 날아갔다. 비좁은 의자에 앉아 공포의 비행을 마치자, 이번에는 지프가 날 기다리고 있었다. 말도 안 통하는 인도네시아 현지 직원은 이정표 하나 없는 미로 같은 비포장도로를 아무렇지도 않은 듯 달렸다. 달려가는 내내 여기서 누구하나 죽어도 아무도 모르겠다는 공포감이 엄습했다.

불안한 마음에 운전자에게 혹시 여기서 기름이 떨어지거나 진흙탕 도로에 바퀴라도 빠지면 어떻게 되는 건지 물어봤더니 그러면 어쩔 수 없다며 씩 웃는다. 공포 영화가 따로 없다. 덜컹거리는 차에서 하도 엉덩방아를 찧었더니 이제 멀미할 기운도 없다. 온몸이 두들겨 맞은 것처럼 뻑적지근했다. 더는 못 버티겠다는 생각이 들 때쯤, 코린도그룹 한국 직원들이 머물던 숙소에 도착했다. 밀림 한복판에서 드디어 한국 사람을 만나게 됐다.

조림지를 방문한다고 했을 때 그냥 거대한 농장 정도를 상상했다. 초목이 우거지고 잘 정돈된 공원쯤으로 생각했다. 하지만 그곳은 상상을 초월했다. 눈앞으로 끝을 알 수 없는 나무 행렬들이 펼쳐져 있었다. 숲이라는 표현으론 이러한 장관을 담아낼 수 없었다. 이곳은 차라리 '녹색 바다'라고 부르는 게 맞는 것 같았다.

살면서 도시 문명을 떠나본 적이 없었다. 군 복무 때 정도였다. 외딴 산속에서, 그것도 20평이 안 되는 좁은 공간에서 20명 남짓한 사람들과 따닥따닥 붙어서 잠을 자야만 했다. 겨울철에는 온수가 충분하지 않아 찬물에 샤워해야 했다. 조금 불편했지만, 그래도 군대에는 끊기지 않는 전기도 있었고 'PX'라는 매점까지 있었다. 그 정도면 천국이었다.

✳ 시간을 채우는 가혹한 형벌

열대우림 한가운데에는 참말로 아무것도 없었다. 있는 거라고는 임직원들을 위한 최소한의 숙소 시설과 족구장 하나뿐이었다. 전기 시설도 열악해 밤 10시가 넘어가면 불도 강제로 껐다. 돈 때문이 아니라 계속 생활을 이어나가기 위해서는 전기 자체를 아껴야만 했다.

이곳에 오기 전까지만 해도 TV를 보거나 인터넷을 하다가 자정이 넘어서야 잠들었다. 10시는 잠들기에 이른 시간이었다. 누웠지만 잠이 오질 않았다. 와이파이 같은 건 당연히 없었다. 휴대폰은 그저 손전등에 지나지 않았다. 누워서 할 일이 없었다. 전기도 들어오지 않으니 칠흑같이 어두웠다. 밀림 한복판에는 그 흔한 가로등 불빛 하나 없었다. 내가 지금 까만 벽을 보고 있는 건지, 아니면 눈을 감고 있어서 어두운 건지 분간이 안 갈 정도로 깜깜했다. 두 시간 동안 아무 일도 못 하다가 겨우겨우 억지로 잠들었다.

일찍 잠들어서일까, 이른 새벽에 눈이 떠졌다. 큰일 났다. 어떻게든 다시 자야만 했다. 눈을 떠도 마땅히 할 만한 일이 없었기 때문이다. 그렇다고 새벽에 혼자 밖에 나가는 건 더 무서웠다. 거미와 벌레들은 왜 그렇게 큰지. 한 발짝도 움직일 수 없었다. 현지인은 '찌짝'이라는 작은 도마뱀이 해충들을 잡아먹어 줄 테니깐 걱정하지 말라고 했다. 장난하나, 도마뱀은 공포 그 자체인데.

다행히 해가 떠 밖으로 나갈 수 있게 되었지만, 인턴인 내가 할 일은 없었다. 직원들은 저마다 분주해서 나랑 놀아줄 수도 없었다. 할 수 있는 거라곤 족구밖에 없었다. 한참을 뛰었을까, 시계를 보니 겨우 한 시간 정도 지나 있었다. 점심시간이 되려면 아직도 한참 남았다. 점심 먹고는 또 뭘 해야 할지 심각하게 걱정되었다.

처음에는 거대한 나무숲을 보며 멋지다고 생각했는데, 계속 보다 보니 정지된 TV 화면이 아닐까 하는 의심마저 들었다. 군대에서 종종 양반다리로 앉아서 벽만 보고 몇 시간 동안 아무것도 안 하고 앉아있는 얼차려를 받곤 했는데 딱 그 기분이었다.

어떻게든 시간을 흘려보내기 위해 동기와 재미있는 이야기도 해보고 가볍게 걸어보기도 했지만, 길어야 한 시간이었다. 또다시 심심해졌다. 이렇게 몇 달만 보내면 심심해서 미쳐버리지 않을까 하는 생각마저 들었다.

건전한 노동 없이 하루를 보낸다는 건 힘겨운 일이었다. 무의미한 일을 지속하는 것이 가장 가혹한 형벌이라고 했던 도스토옙스키 말을 뼈저리게 느낄 수 있는 시간이었다.

우울해도 괜찮아

✻ 하루 24시간은 두려움의 대상

우울증으로 고생하는 사람은 매일 이런 상황에 직면한다. 제일 먼저 일이 없어지기 때문이다.

쉬고 싶어서 또는 치료를 위해서 일을 중단해버리는 게 아니다. 고객이 건네는 말 한마디에 갑자기 눈물이 와락 쏟아지고, 늘 사용해오던 업무 시스템 사용법이 떠오르질 않으니 정상적인 근무가 불가능해진다. 어쩔 수 없이 쉬어야만 한다. 회사 다닐 때는 하루가 어떻게 지나갔는지 몰랐는데, 하루 이틀 며칠이 지나가자 하루가 길어도 너무 길다는 사실을 깨닫게 된다.

이때부터 주어지는 하루 24시간은 두려움의 대상이 되어 버린다. 일직선처럼 연속적으로 끊임없이 펼쳐진 시간을 적절하게 활용하고 소비하는 일은 끔찍하게 어렵다.

곁을 지켜주는 사람도 매일 매시간을 함께 있어 줄 수는 없다. 가족이나 친구도 본인만의 생활 영역이 있다. 돈도 벌어야 하고 살림도 해야 한다. 환자 곁에서

24시간을 함께 지켜주는 건 물리적으로 불가능하다. 나 같은 경우는 그래도 나를 포함해 형제자매가 4명이나 있어서 교대로 엄마와 함께 시간을 보내줄 수 있었다. 그런데도 엄마 홀로 남겨지는 시간은 차고 넘쳤다. 하물며 독신으로 살거나 주변에 정서적 지지 그룹이 없는 사람에게 하루는 얼마나 길고 긴 시간이겠는가.

혈혈단신으로 시간에 맞서야 한다. 전문가를 비롯한 주변 모든 사람이 운동도 좀 하고 취미 생활도 하라는데 누가 모르나, 답답한 노릇이다. 외출을 준비하는 아주 일상적인 일조차 온 맘과 정성을 쏟아야 할 수 있는데 어떻게 헬스클럽에서 뛸 수 있겠는가. 그래도 운동을 하면 그 자체로 치료 효과가 있다고 하니 억지로 몸을 움직여 본다. 집에서 청소도 해보고 바람 쐬는 수준으로 가볍게 산책도 해본다. 그렇게 한참을 움직여봐야 1시간이다.

텅 빈 집에 한참을 앉아있다 보니, 생각이 꼬리에 꼬리를 문다. 그도 그럴 것이 마음대로 할 수 있는 거라곤

'생각'밖에 없기 때문이다. 이런저런 생각을 하다 보니 문득 이 상황이 화가 난다. 도대체 왜 나만 이렇게 억울하게 살아야 하는 건지 서러움이 북받쳐 오른다. 이러면 안 되는데 생각이 멈추질 않는다. 더 끔찍한 건 길고 긴 밤이 기다리고 있다는 거다. 잠까지 못 자게 되면 그야말로 지옥인 셈이다.

우울증을 앓는 사람들은 자신의 감정 사이클이 바닥을 치지 않게 하려 시간과 사투를 벌여야만 한다. 일반인들이 생각하는 신체 바이오리듬 사이클 같은 수준이 아니다. 이들의 감정선에는 바닥이란 게 없다. 지하 30층까지 떨어져도 밑바닥이 보이질 않는다.

우울증 환자가 시간을 견뎌내는 일은 목숨까지 달린 중대한 사역이다. 본인도, 가족도 구원받기 위해서는 올바른 시간 사용법을 찾아내야만 한다. 본인을 정서적으로 지지해주는 그룹과 전문가의 도움을 받아 하루를 견뎌낼 수 있는 시간표를 지혜롭게 짜둬야 한다.

24시간 연중무휴

엄마와 함께 살던 시절, 잠을 깊게 자지 못했다. 혹시나 엄마가 위험한 행동을 하려고 할 때 달래거나, 돌발 행동을 할 경우 제지하기 위해서였다. 자다가도 엄마가 자는 거실에서 작은 소리라도 들리면 나가보는 게 습관이 됐다. 특별한 일이 없어도 잠에서 깨면 순찰하듯이 엄마에게 별일 없는지 살펴보곤 했다.

잠을 제대로 못 자다 보니 완전히 소진됐다. 신경도 날카로워졌다. 엄마가 죽고 싶을 만큼 힘든 건 알지만, 이러다간 나도 미쳐버릴 것 같았다.

우리 가족 모두는 엄마 감정에 안테나를 세워야만 했다. 엄마가 내던져버리는 감정을 쓰레기통처럼 차곡 차곡 받아내야만 했다. 그런데 불편한 감정이 계속 쌓이다 보니 넘치기 시작했다. 이러한 감정을 비워내지 못하면 엄마보다 내가 먼저 쓰러질 수도 있겠단 생각마저 들었다.

그런데 안타깝게도 당시 내 주변에는 속을 터놓고 얘기할 만한 사람이 없었다. 날 아껴주는 누나들이 있었지만, 본인 코가 석 자였다. 누가 누구를 위로해주고 돌봐줄 만큼 마음의 여유가 없었다. 물론 내 곁에는 친구도 있었고 마음씨 좋은 선생님도 있었다. 하지만 적당히 서로의 프라이버시를 존중하며 가벼운 대화 정도만 나눌 수 있는 사이였다. 농담을 나누며 깔깔댈 순 있었지만, 내 깊은 속마음을 100% 솔직하게 말할 순 없었다.

그리고 무엇보다 특수한 상황을 이해시키기도 어려웠다. 엄마가 아프게 된 배경 및 이유, 내가 처해있는 상황을 알기 쉽게 설명할 자신도 없었다.

✳ 눈물 꼭지가 망가졌어

　마음을 나눌 수 있는 존재를 애타게 찾았지만, 마땅한 사람이 없었다. 지금의 나라면 주저하지 않고 상담 전문가나 심리 치료사를 찾아가 대화를 나누었겠지만, 그때는 이런 사람들이 있다는 사실조차 몰랐다.

　무언가 의지할 대상을 찾아야만 했다. 안 그러면 죽을 것 같았다. 그때 처음으로 '신'이라는 절대자 존재를 알게 됐다. 믿었다는 것이 아니라 기독교, 불교 등 종교의 존재를 알게 됐다. 신이 있는지, 없는지는 나에게 그다지 중요하지 않았다. 일단은 살아야 했다. 많은 이가 하나님을 붙잡고 울부짖기에 속는 셈 치고 나도 한번 그렇게 해보기로 했다.

　집에서 가까운 교회를 찾아갔다. 교회 입구를 올라가는데 계단조차도 낯설었다. 아무 말 안 하고 그냥 들어가면 되는 건지도 몰랐다. 관리실 아저씨에게 기도하러 왔는데 잠시 들어가도 되냐고 정중하게 여쭤보니 뭔 황당한 질문이냐는 표정을 지어 보였다. 정문을 통과해 교회 본당에 들어갔다. 통로를 걸어가던 중 집사인지 목사인지 모를 사람과 마주쳤는데 느끼한 미소를 지으며 날 쳐다봤다. 아는 사람이었나 기억을 더듬어 봤지만, 모르는 사람이었다. 어떻게 할지 난감해하던 순간, 그가 가볍게 목례만 하고 지나갔다. 웬 미친놈인가 했다. 나중에서야 알게 된 사실이지만, 교회에서는 교인들끼리 알지 못하는 사이여도 서로 웃으며 인사를 한다고 했다.

우여곡절 끝에 드디어 기도 공간에 도착했다. 유레카! 교회 기도실은 울기에 최적화된 장소였다. 일본 한 호텔에서 하룻밤 내내 맘껏 울 수 있는 '울음방(Crying rooms)' 객실을 선보인 적이 있었는데, 기도실이 나에게는 딱 그런 곳이었다. 적당히 어두운 조명, 은은한 찬송 소리, 마음껏 울부짖어도 아무도 쳐다보지 않는 분위기까지 더할 나위 없이 편안한 공간이었다.

고개를 푹 숙였다. 신의 품에 얼굴을 묻고 엉엉 울었다. 마음속에 있는 모든 생각과 감정을 토해내듯 쏟아냈다. 엄마가 몹시 미워서 없어져 버렸으면 좋겠다는 무서운 생각부터, 이런 생각을 하는 나 자신을 바라보며 느끼는 자괴감까지 한 톨도 남김없이 신에게 들려줬다. 체면, 도덕적 판단, 이미지 관리 때문에 차마 사람에게는 할 수 없는 이야기였다. 기도는 종교적인 행위인 줄만 알았는데, 막상 해보니 훌륭한 감정의 배설구 역할을 해줬다.

한바탕 울고 나니 속이 후련해졌다. 집으로 다시 돌아갈 용기가 생겼다.

✳ 울어도 복이 와요

눈물은 나를 치료했다. 단순히 기분 탓이 아니었다. 눈물은 수분과 나트륨 등 여러 요소로 구성돼 있다. 그중에는 스트레스를 받을 때 늘어나는 카테콜아민(Cat-echolamine)이라는 호르몬도 들어있다. 쉽게 말해 눈물을 흘리면 스트레스 호르몬도 밖으로 빠져나오는 거다. 그래서 울고 나면 마음이 어느 정도 진정된다.

웃음이 뇌와 신체에 긍정적인 변화를 가져오는 것처럼 눈물도 우리에게 안정감과 편안함을 제공해준다. 그런데 웃으면 복이 온다고 그 난리를 치면서 억지로라도 웃으라고 하는데 정작 울음을 권하는 사람은 없다. 눈물을 흘릴 낌새만 보여도 '왜 그래 울지 마'라고 강권한다. 아직 본격적으로 울지도 않았는데 말이다.

언제부터 눈물이 참아야만 하는 대상으로 전락해버렸는지 모르겠다. 한국 사회에서 눈물은 나약하고 불필요한 감정으로 평가절하되어버렸다. 공공장소에선 울 수조차 없다. 카페나 지하철역에서 울기라도 하는 날에는 셀럽이 될 각오를 해야 한다. 무슨 불구경이라도 난 것처럼 전부 우는 사람을 주목한다. 웃는 사람을 신경도 안 쓰는 시선과는 대조적이다.

한 걸음 더 나아가 눈물이 심지어 비판의 대상이 되기도 한다. 속상하거나 억울한 마음에 울기라도 하면 '뭘 잘했다고 우냐고' 타박을 한다. 잘했다고 울 수 있게 해줄 것도 아니면서.

그뿐인가 기자회견장이나 시위 현장에서 누군가 눈물이라도 흘리면 감성을 내세워 본인 이익을 관철하는 몹쓸 '감성팔이'로 취급받을 각오까지 해야 한다. 매우 안타까운 현실이다.

그런데 눈물은 원래 태초부터 인간에게 자연스러운 언어였다. 아기가 태어나 가장 먼저 사용하는 말이 눈물이다. 배가 고프거나 졸릴 때 엄마에게 도움을 요청하는 언어이자, 엄마와 정서적으로 교감하는 중요한 수단이다.

눈물의 역할이 갓난아기만 사용하는 특수한 언어로 제한된 것도 아니다. 어른들에게도 눈물은 훌륭한 커뮤니케이션 수단이자 감정을 전달하는 도구다. 오해를 풀기 위한 백 마디 말보다 꼭 껴안고 흘리는 눈물 한

방울이 서로를 정서적으로 더 강하게 묶어준다. 시험에 떨어진 친구에게 괜찮다고, 다음에 다시 하면 된다고 말로 격려해주는 것보다 같이 울어주는 게 더욱더 큰 위로가 된다.

눈물은 인간의 감정을 표현하는 훌륭한 언어이자, 인간관계를 지켜주는 소중한 감정이다. 굳이 아껴 쓸 필요는 없다.

'상황'이 아닌
'사람'을 믿어봐

법은 국가 권력에 의하여 강제되는 사회규범이다. 관습이나 도덕 등은 위반해도 비난을 받는 수준에서 끝나지만, 법을 위반하는 경우는 다르다. 국가는 벌금, 징역 등 물리적인 힘을 행사해 범법자를 법의 이름으로 처벌한다. 국가만이 법을 근거로 유일하게 합법적인 폭력을 행사할 수 있다. 사회적으로 충분히 합의되지 않은 내용이 섣불리 법제화되면 국민에게 큰 피해가 생길 수 있는 만큼 법을 제정하는 절차는 매우 까다롭고 엄정하다. 폭넓은 의견을 수립하고 치열하게 논의

하는 과정을 통해 누구든지 이해할 수 있도록 만들어진다.

이를 거꾸로 해석해보면 법조문에 있는 내용은 한 사회가 오랜 시간 동안 시행착오를 겪으며 대다수 국민이 공감하고 수용할 수 있을 만큼 충분히 합의한 내용이라는 뜻이다.

물론 자기가 동의하지 않거나 다르게 생각하는 법률 현안이 입법화된 때도 있을 거다. 하지만 어떤 이유로든 법이 만들어졌다는 건 절차적 정당성을 이미 확보했다는 의미다. 다시 말해, 법안을 반대하는 사람들도 이해할 만한 과정과 절차를 통과했기 때문에 가능한 일이라는 거다. 독재자나 침략 국가가 강압적이고 일방적으로 부당한 법을 만든 때도 있지만, 일반적으로 민주주의 사회에서 합리적인 토론과 절차를 통해 제정된 법률들은 상식을 크게 벗어나지 않는다. 시민이라면 마땅히 법률을 지키고 따라야만 한다.

서두를 장황하게 풀어낸 이유는 형법 조항들을 살

펴보고 싶어서였다.

형법 10조 1항을 읽어보면 심신장애로 인하여 사물을 변별할 능력이 없거나 의사를 결정할 능력이 없는 자의 행위는 벌하지 아니한다고 적혀 있다. 이른바 심신상실의 경우, 무죄라는 거다. 그리고 이어 2항에서는 이런 능력이 미약한 경우 형을 감경한다고 규정하고 있다. 심신이 미약한 경우, 형량을 깎아준다는 내용이다. 사리 분별을 할 수 없는 사람에게 법에 맞춰 행동할 것을 기대할 수 없다는 걸 전제로 한 조항이다. 죄는 미워하되 사람은 미워하지 말라는 말도 여기에서 나온 말이다.

법률 조항에서 볼 수 있듯이 죄와 사람을 분리해서 보는 관점은 말 그대로 합법적인 시각이다. 도덕적으로 또는 종교적으로 아픈 사람을 보호해줘야 한다는 정도의 당위성이 아니다. '법대로' 그렇게 봐줄 의무가 있다는 거다. 수백 년의 시행착오를 거치면서 인류 사회가 강제한 법이다.

✱ 내가 사랑하는 사람의
본질을 놓치지 말아야

한때 죄와 사람을 분리한다는 말이 도무지 이해가 안 갔다. 죄를 짓는 건 사람인데 그 사람을 미워하지 말라니. 이 무슨 말 같지도 않은 말인가. 흉악 범죄의 피해자들은 얼마나 속이 상할까 하는 생각도 들었다. 나는 죄와 사람을 동일시해서 바라봤다. 죄는 죄가 없다고 생각했다. 죄를 지은 사람이 문제라고 판단했다.

엄마를 바라보는 관점도 매한가지였다. 엄마가 극단적인 감정의 늪에 빠져 날 힘들게 하는 행동을 하거나 폭력적인 모습을 보일 때마다 난 엄마를 몹시 미워했다. 왜냐하면 그러한 행위를 하는 사람이 엄마였기 때문이다. 특정 행위들과 엄마를 동일시해 엄마란 사람의 정체성을 규정해버렸다. 그러다 보니 엄마를 미워할수밖에 없었다. 계속 미운 짓만 골라 했기 때문이다.

한번은 엄마가 자해를 시도한 적이 있었다. 갑자기 거실에서 연기가 올라왔다. 뛰쳐나가 보니 엄마가 이불에 불을 붙이고 거기에 누워있었다. 다행히 빨리 발견해서 불은 껐지만, 하마터면 우리 가족 모두 크게 다칠 뻔했다. 속상하고 슬픈 마음도 잠시, 이내 화가 났다. 아니, 죽으려면 혼자 죽지 왜 우리까지 위험하게 하는 거야 하는 생각마저 들었다.

한바탕 난리를 치르고 한동안 무거운 침묵이 흘렀다. 하지만 우리는 아무렇지 않은 듯 다시 일상으로 돌아왔다. 엄마와 마주하는 게 조금 어색하기도 했지만, 며칠 지나자 엄마는 무슨 일이 있었냐는 듯이 해맑게 미소지었다.

아니, 엄마라는 사람이 대체 자식들에게 어떻게 저렇게까지 할 수 있는지 이해가 안 갔다.

그러다 어느 날, 신문에서 한 변호사가 '죄는 미워하되 사람은 미워하지 마라'라는 사설에서 형법 10조에 관한 내용을 설명해놓은 부분을 읽었다. 눈을 의심하며 재차 읽어봤다. 인류 사회가 법으로 이러한 조항을 만들어놓았다니 형언할 수 없는 무게감이 느껴졌다.

우울해도 괜찮아

인간은 역사가 시작된 이래 끔찍한 범죄와 계속 싸워왔다. 강간, 살인은 기본이고 전쟁, 민족 학살까지 인간이 어디까지 악해질 수 있는지를 똑똑히 지켜봐 왔다. 그런데도 인류는 증오와 분노를 억누르고 죄와 인간을 분리해, 한 사람의 귀한 인생을 포기하지 않는 결단을 내렸다. 혐오 대신 사랑을 택한 거다. 순간의 어려움과 감정을 이겨내지 못하고 엄마를 '행위'로만 평가했던 나 자신이 부끄러웠다.

돌이켜 보니, 자해를 시도한 날의 엄마 모습은 본질이 아니었다. 심신이 극도로 미약해져 실수한 것일 뿐이었다.

그동안 계속 감정적으로만 생각했다. 날 낳아주시고 키워주신 어머니인데 잘해드려야 한다고 마음먹었다. 어린 시절의 좋은 추억을 떠올리며 당위적으로만 엄마를 돌봐주려고 노력했다. 힘든 순간에도 '사랑하라'라는 도덕적 규범, 종교적 규범을 지켜야 한다는 의지로만 엄마를 대하려 했다.

하지만 '법대로' 생각해보니 엄마는 단지 아파서 판단력이 흐려진 것뿐이었다. 자해를 시도하여 본인과 가족을 위험에 빠뜨린 행위는 아주 예외적이고 특수한 사건이었다. 그러한 행동 하나로 엄마의 본질을 정의할 수는 없는 거다.

엄마가 나를 사랑하는 게 가장 중요한 본질이다. 이걸 절대로 놓치면 안 되는데, 나도 사람인지라 감정의 파도에 휩쓸려 버렸던 거다. 날 사랑하는 엄마와 심신이 미약해져 실수한 행위를 구분하지 못했다.

정신건강 문제로 어려움을 겪고 있는 사람의 가족들은 하루가 멀다고 평소 모습과는 180도 다른 환자의 특수한 행동들과 마주하게 된다. 갑자기 소리를 지르거나 물건을 던지면서 폭력적으로 행동하기도 한다. 가족들을 원망하며 입에 담기 어려운 험담이나 욕설을 퍼붓기도 한다.

예수님이라면 모를까, 이런 순간에 초연하게 대처할 수 있는 사람은 없다. 환자의 감정 폭풍에 휘말려 주변 사람도 격해질 수밖에 없다. 흥분하거나 속상해하지 말라고 입으로 쉽게 얘기하진 못하겠다. 그 상황이 얼마나 통제 불능이고 힘겨운지 나도 겪었기 때문이다.

그런데도 순간의 폭풍이 지나가면 반드시 기억해내야 한다. 특이한 행위 또는 예외적인 행동이 내가 아끼고 사랑하던 사람의 본질이 아니라는 걸 말이다.

누구나 잊힐 권리는 있어

2010년, 잊힐 권리가 소송 사건으로까지 확대된 적이 있었다. 스페인에서 변호사로 일하고 있던 마리오 코스테하 곤잘레스 씨가 특정 언론사에 실린 본인 기사와 기사에 접속할 수 있는 구글의 검색 링크가 사생활을 침해한다며 소송을 제기한 것이다. 기사 내용은 곤잘레스의 채무에 관한 것이었는데, 이미 채무 문제를 말끔히 정리했는데도 과거 기사에 자신이 여전히 불량 채무자로 남아 있다는 주장이었다. 자기 이름을 치면 인터넷에 신용불량자라고 뜨니 얼마나 화가 났겠는가.

스페인 개인정보보호원에서는 그의 주장을 받아들여 구글 측에 해당 링크를 즉각 삭제하라고 명령했다. 구글이 불복해 해당 사건이 유럽사법재판소로 넘어가기까지 했지만, 사법부는 결국 곤잘레스의 손을 들어줬다.

이 사건을 보고 있노라니 문득 옛날 일이 떠올랐다.

✳ 묘비명에 아무것도 적지 말아다오

웬만한 일이 아니고서는 나에게 전화하지 않던 둘째 누나에게서 전화가 왔다. 평상시에 전화하지 않는 시간이었다. 불길한 느낌이었다. 전화를 받으니 누나는 아무 말도 못 하고 계속 울기만 했다. 아무 설명도 듣지 못했지만, 이미 난 직감했다. 어머니께서 돌아가신 거였다. 곧장 갈 테니 조금만 진정하고 기다리고 있으라고 했다. 전화를 끊고 택시에 올라탔다.

서울에서 청주까지 오는 동안 침착하게 해야 할 일

들을 머릿속으로 정리했다. 눈물을 흘리면서도 크게 당황하지 않았던 건 이미 마음의 준비를 해뒀기 때문이다. 그보다는 다른 가족들 걱정이 더 앞섰다. 마음을 가라앉히고 최대한 침착하게, 해야 할 일들을 정리했다. 연락해야 할 사람, 구급차, 장례식장 등등. 생각이 정리될 때쯤 아파트 입구에 택시가 도착했다.

엘리베이터를 타고 집에 올라가자마자 전화로 가족들에게 엄마의 죽음을 알렸다. 이제 장례식장으로 가면 다시는 평상복을 입고 집에 누워있는 모습을 볼 수 없을 테니, 와서 작별의 시간을 가지라고 했다. 몸은 조금씩 식어가고 있었지만, 그래도 아직은 사람의 체온이 조금 남아 있을 때였다. 우린 엄마 얼굴을 쓰다듬어 주고 손도 꼭 잡아 주었다. 그동안 고생 많았다고, 나중에 천국에서 만나자는 말도 잊지 않았다.

한바탕 오열하는 시간이 지나갔고, 구급차를 불러 고인을 장례식장으로 옮겼다. 까만 수의를 입고 삼베로 만들어진 상주 완장을 착용했다. 어머니가 마지막으로 입을 수의 용품들을 결정하고 가격도 꼼꼼하게 확인했다. 장례식에 대한 준비를 마친 후 화장장을 예약했다. 다행히 어머니를 모실 봉안묘는 아버지께서 돌아가셨을 때 넉넉하게 준비해뒀던 터라 따로 알아볼 필요가 없었다.

아빠 장례식 때는 하늘이 무너진 것처럼 정신을 못 차렸는데, 상주로서 두 번째 장례식에 임하다 보니 그래도 예전만큼 당황하지는 않았다. 이것도 '노하우'라고 조문객이 들이닥치기 전에 육개장 한 그릇을 챙겨 먹는 여유까지 부렸다.

영정 사진 앞에 서서 조문객을 맞이했다. 아무 말 없이 깊이 허리를 숙여 인사하며 조문객에게 예를 다했다. 내가 서 있는 곳은 침묵으로 무거웠지만, 문상객들이 식사하는 장소는 시끌벅적했다. 기분이 묘했다.

밤이 깊어가자, 손님들이 하나둘 빠져나갔다. 장례식장이 한산해졌다. 새벽에 잠시 찬 바람을 쐬고 싶어 밖으로 나왔다. 막판까지 정리되지 않은 생각이 있어서였다. 이제 조금 있으면 발인을 준비해야 하는데, 아직도 어머니 묘비명을 어떻게 적어야 할지 판단이 서질 않았다.

✳ 죽어서라도 자유로워지고 싶었어

한글 열 자 정도 적을 수 있는 공간에 새겨 넣을 묘비명을 결정해야 했다. 사랑하는 가족들에게 기억될 마지막 메시지다. 어떤 이는 가문의 몇 대손인지를 적기도 하고, 또 다른 이는 누군가의 아들로 묘비명을 새기기도 한다. 종교적인 가치를 최우선으로 여기는 사람들은 장로나 권사 같은 교회 직분을 적어두기도 한다. 단단한 돌멩이에 새겨진 묘비명은 자식들에게 손자들에게 대대손손 읽히는 만큼 각별한 의미를 지닌다.

그런데 문제는, 우리 어머니는 이름조차 적지 말아달라고 유언을 남기셨다는 거다. 자기 죽음을 누구에게도 알리고 싶어 하지 않았다. 그냥 조용히 자연스럽게 이 땅에서 사라지고 싶어 하셨다.

엄마는 늘 그랬다. 누군가에게 눈에 띄는 걸 유독 싫어했다. 아픈 이후로는 더 그랬던 거 같다. 죽어서라도 자유로워지고 싶었던 간절한 마음이 느껴져 나도 모르게 눈물이 뚝뚝 떨어졌다. 장례식 때는 최대한 정신 차리고 안 울려고 했는데, 터져 나오는 눈물을 막을 방법이 없었다.

엄마의 바람을 깊이 알고 있었다. 긴가민가한 내용도 아니었다. 살아계실 때 수십 번도 넘게 말했기 때문이다. 고인의 뜻이 확실한 만큼 사실, 고민할 것도 없었다. 그냥 묘비명에 아무것도 안 새기면 되는 거였다.

그런데 내 욕심이 다시 꿈틀댔다. 나에게도 기억할 권리가 있지 않은가. 상주로서, 아들로서 말이다.

난 엄마를 선명하게 기억하고 싶었다. 묘비명에 아버지 이름만 있으면 쓸쓸해 보일 것 같았다. 설날이나 추석 때 씩씩하게 잘 자라고 있는 딸을 데려와 엄마에게 소개도 해주고 싶었다. 엄마와 함께했던 추억들을 애기해주고 싶었다. 그런데 묘비에 아무것도 적지 말라니. 할머니 이름은 왜 안 적혀 있는지 꼬맹이가 물어보면 뭐라고 대답해줘야 할지도 난처할 것 같았다. 너무한 거 아닌가 하는 생각이 들었다.

한참을 망설이다, 어머니의 유언을 따르기로 했다. 묘비명을 새기지 않기로.

잊힐 권리를 존중해드리고 싶었다.

어머니를 봉안묘에 모시면서 주변 사람 눈에 이상하게 비치지 않을까 하는 걱정이 들기도 했다. 묘비명을 새기지 않는 경우가 또 있을까 싶어서였다. 그런데 웬걸, 솔직하게 어머니의 유언을 얘기하자 엄마를 모르는 사람들도 잘했다고 내 어깨를 툭툭 쳐줬다. 어렵게 꺼낸 이야기였건만, 쿨하게 받아들이는 사람들 모습에 기분이 묘했다.

사람 마음이란 게 죽음 앞에서는 결국 다 통하는가 보다.

'힘내라'는 개소리는
이제 그만

장례식을 마무리하고 집에 돌아와 잠들었다. 푹 잤
다. 잠깐 눈만 감았다가 뜬 거 같은데 12시간이나 지나
가 있었다. 며칠 밤을 새워서 그런 것도 있었지만, 긴장
이 풀어진 이유가 더 컸던 거 같다. 이제 내 주변에 밤새
아픈 사람은 없었다. 평소에는 혹시나 엄마나 아빠에
게 무슨 일이 있지는 않을까 긴장감을 유지하고 잠들
었다. 자면서도 주변의 소리는 들을 수 있게 깊이 잠들
지 않으려 노력했다. 그런데 장례식 다음 날은 엄마한
테 미안한 마음이 들 만큼 개운하게 잤다.

잠에서 깨어 몸을 뒤척여 거실을 바라봤다. 문틈 사이로 늘 보였던 엄마가 보이질 않았다. 언제나 있던 자리에 엄마가 없었다. 장례식을 치렀지만, 아직도 엄마가 없다는 게 실감이 나질 않았다. 따사로운 햇볕만이 엄마가 평소 즐겨 누워 있던 자리를 채우고 있을 뿐이었다.

이제 엄마라고 부를 사람이 없어졌다. 앞으로 내 인생에 '엄마'란 단어를 쓸 일이 없어졌다고 생각하니 서글펐다.

정신 차리자. 아직 할 일이 많이 남았다. 연차가 끝나기 전에 사망신고도 해야 하고, 유품들도 정리해야만 한다. 커피믹스 두 봉지를 뜯어 진하게 커피를 타 마셨다. 그러고 보니 몸에 좋지도 않은 커피를 왜 그렇게 마시냐는 잔소리도 엄마와 함께 사라졌다. 그래도 5분 정도는 좀 여유를 부려도 되지 않을까 하는 생각에, 차 한 잔을 마시면서 엄마를 다시 추억해봤다.

✳ 엄마의 빈자리에서 그제야

엄마는 소위 말하는 '웰다잉(well-dying)'의 선구자였다. 투병 생활을 하면서도 틈틈이 마지막을 담담하게 준비했다. 하고 싶은 말이나 미리 해둬야 할 말을 틈틈이 하기도 했고, 장례 방법까지도 상세하게 얘기해줬다.

그리고 심지어 엄마가 돌아가신 후 내가 마음이 아플 때는 어떻게 하면 되는지도 말해줬다. 그때는 뭐야, 하고 흘려들었는데 지금까지도 내 마음을 쓰다듬어 준다. 철학자 못지않은 주옥같은 명언을 수두룩하게 남겨주고 가셨다.

가장 기억에 남는 말 중 하나는 살다 보면 문득 부모에게 잘해주지 못해서 후회될 때가 있는데, 그런 마음이 들면 미안해하지 말고 내 자식한테 잘해주면 된다는 말이었다. 엄마도 그랬으니 나도 그러라고 했다. 부모가 자식을 사랑하는 '내리사랑'이 자연의 섭리라고 했다. 부모한테 빚진 마음 때문에 마음 아파하지 말라고 했다.

성묘 올 때 주의사항도 꼼꼼하게 알려주셨다. 산 사람이 먼저이니, 명절 때 비나 눈이 많이 오면 억지로 오지 말라고 했다. 괜히 성묘 오다가 다칠 수도 있으니 다음에 오란 거였다. 별의별 걸 다 미주알고주알 얘기해 놓고 갔다.

어머니가 했던 말을 하나둘 떠올리면서 유품 정리를 하던 중, 불현듯 엄마가 궁극적으로 남겨준 메시지를 알게 됐다. 눈이 풀리고 온몸에 힘이 빠졌다. 일어날 힘도 없을 만큼 대성통곡했다.

어머니께서는 자살하지 않으셨다. 그제야 깨달았다. 그렇게 오랜 시간을 함께하면서도 몰랐다니. 엄마는 그렇게 힘겨운 삶을 사시면서도 끝까지 삶을 완주해냈다. 자살이라는 길을 애써 외면하고 자신만의 십자가를 묵묵히 감당해냈다. 병간호하는 아들, 딸들을 보며 한없이 미안하고 죄스러운 마음을 견뎌냈고 극한의 통증도 이를 꽉 깨물고 이겨냈다. 삶을 포기하는 모습만큼은 절대로 자식들한테 보여줄 수 없었기에, 나를 위해서 버티고 또 버텨주신 거였다.

엄마를 마음 깊이 존경하게 됐다. 엄마를 사랑했지만, 경외감이 들 만큼 존경하게 된 건 그때가 처음이었다. 엄마가 만약 자살했다면 난 평생을 죄책감 속에서 살아야만 했을 거다. 인과관계와 상관없이 내가 잘하지 못해서 엄마가 자살했다고 자책하며 살았을 거다. 당연히 내 삶은 고통으로 점철되었을 거다.

그뿐인가, 살다가 조금만 어려운 일이 있어도 나 역시 먼저 자살부터 생각했을 거다. 어쩌면 지금 이 글을 쓰고 있지 못했을 수도 있다.

✱ 가장 큰 위로는 '경청'이다

어리석게도 너무 뒤늦게 이런 사실을 깨달았다. 생각이 여기까지 미치자 엄마한테 미안했다. 엄마한테 말도 안 되는 얘기만 계속하고 있었다.

제일 먼저 후회가 됐던 말은 '힘내'라는 말이었다.

돌이켜보니 엄마의 처절한 분투를 충분히 이해하지 못한 언사였다. 죽을힘을 다해 살아가고 있는 사람에게 힘내라고 하다니.

사실 힘내라는 말 자체는 나쁜 뜻이 아니다. 좋은 의미다. 위로와 응원이 함께 담겨 있는 메시지다. 하지만 우울증 환자에게는 이런 말은 되도록 안 하는 게 좋다. 우울증으로 고생하는 사람은 이미 힘을 낼 수 없을 정도로 몸과 마음의 동력을 100% 소진한 상태다. 자기 의지로 힘을 낼 수 있었다면 벌써 기운을 차렸을 거다. 하루하루를 견뎌내는 사람에게 힘내라고 하는 건 전혀 힘이 되지 않는다.

'가족을 생각해서 힘내'라는 말은 더욱더 조심하는 게 좋다. 이건 정말이지 원 펀치, 투 터치다. 화자는 좋은 의도로 환자에게 본인을 아껴주고 지지해주는 사람이 많다는 걸 상기해주기 위해서 한 말이겠지만, 우울증 환자는 자신을 책망하는 말로 들을지도 모른다. 본인 때문에 힘들어하는 가족을 보며 죄책감에 짓눌리게 된다.

말을 가려서 하고 조심한다는 게 쉽지만은 않은 일이다. 상담 훈련을 수년 동안 전문적으로 받고, 많은 환자를 상대한 전문가도 실수하는 게 '말'이다. 하물며 정신건강으로 고생하는 사람을 난생처음 돌보는 사람이 어떻게 잘할 수 있겠는가, 가당치도 않은 일이다.

우리는 그저 들어주기만 하면 된다.

어설프게 공감해주려고 할 필요도 없다. 일반인이 정신건강 문제로 고생하고 있는 사람의 상황을 이해할 수는 없다. 이건 우울증뿐만이 아니라 다른 병도 마찬가지다.

통증은 경험해본 사람만이 알 수 있다. 건강한 사람이 칼에 베이는 듯한 통증을 겪는 '대상포진' 환자의 마음을 이해할 수 없고, 간지러워 잠 못 이루는 '아토피' 환자의 고통을 절대로 체감할 수 없다. 아픔은 지극히 주관적이기 때문에 섣불리 잘 알거나 이해하는 것처럼 말하면 안 된다. 그러면 오히려 환자 마음만 더 불편해진다.

그냥 옆에서 인내심을 가지고 들어주기만 하면 된다. 적극적인 추임새만 넣어줘도 환자는 후련해한다. 나 같은 경우는 중요한 감정 단어들에 강조 부사를 붙여가며 추임새를 넣어줬다. 엄마가 '마음이 좀 그렇더라'라고 말하면 '와 진짜 마음이 좀 그랬겠다'라고 대답해주는 식이었다. 계속 이야기를 들어주다 보면 자신만의 해답을 스스로 발견하게 되는 때도 있었다. 경청 자체가 훌륭한 대화의 기교였던 거다.

인간은 망각의 동물이다. 수천 번을 들어도 까먹는다. 알고 있으면서도 정작 필요할 때는 꺼내 쓰지 못한다. 그래도 계속 되새김질해서 기억해내는 수밖에 없다. 귀에 못이 박이도록 들었겠지만, 한 번만 더 말해보려 한다.

가장 좋은 대화는 '경청'이다.

망가진 후에야
사용설명서를 펼쳐 보다

　실패는 성공의 어머니다. 실패를 통해서 배운다는 걸 어찌 모르겠는가. 그렇지만 지난날의 실패를 생각할 때마다 마음이 쓰라려 오는 건 어쩔 수가 없다.

　엄마가 처음으로 보호 병동에 입원한 때만 생각하면 아직도 마음이 아프다. 벌써 20년이 지났건만, 그날의 기억이 아직도 선명하다.

　어디에서 들려오는 건지 알 수 없는 외침 소리가 간간이 통로 곳곳으로 새어 나왔다. 잘은 모르겠지만 간호사가 환자를 진정시키고 있는 소리 같았다. 엄마가 이제부터 입원하게 될 곳은 다른 세상이었다. 의사의 허락 없이는 발길조차 내디딜 수 없는 곳이었다. 엄마와 난 서로 건너갈 수 없는 극명한 경계선을 두고 갈라서야 했다. 짜낼 눈물도 없을 만큼 퉁퉁 부어버린 눈에서 또 눈물이 흘렀다.

입도 벙끗할 힘도 없건만, 다시 한번 몸을 추슬러 의사 선생님께 연신 머리를 조아렸다. 제발 잘 부탁한다고. 할 수 있는 건 그것뿐이었다. 담당 의사는 2주 정도 경과를 지켜보자며 너무 걱정하지 말라고 했다. 그게 말이 쉽지. 어떻게 걱정을 안 할 수 있겠는가.

✳ 이러면 안 되겠다 싶어 생각을 붙잡다

오랜 시간이 지났지만, 지금도 이날만 생각하면 가슴이 먹먹해진다. 주먹으로 가슴을 치고 또 쳐봐도 답답함이 가시질 않는 하루였다. 잊어버리려 할 수 있는 건 다 해봤다. 성경을 읽으며 기도를 해보기도 했고, 집

근처 초등학교로 가서 미친 듯이 뛰어보기도 했다. 하지만 전부 헛수고였다.

억지로 자보려고 해도 잠이 오질 않았다. 눈만 감으면 한 맺힌 눈빛으로 날 쏘아보는 엄마만 보였다. 일분 일초 매 순간 죄책감은 한순간도 쉬지 않고 내 목을 조여왔다. 어머니는 언제쯤 퇴원하실 수 있을까부터 혹시 병원에서 무슨 일이라도 생기지 않을까 하는 생각까지 머리가 빠개질 듯 복잡했다. 어떻게든 자보려고 뒤척이고 또 뒤척여봐도 엄마가 겪고 있을 상황에 대한 걱정 때문에 도통 잠을 이룰 수가 없었다. 지금 당장 내가 할 수 있는 것도 없건만, 불안한 마음에 생각이 도무지 멈추질 않았다.

그렇게 며칠 밤을 꼬박 새웠다. 깨어있는 건지, 가위에 눌려있는 건지도 구분이 되지 않았다. 몽롱한 상태로 하얀 천장만 바라봤다. 이러면 안 되겠다 싶어 생각을 붙잡았다. 엄마를 조금이라도 빨리 집에 데려오려면 방법을 찾아야만 했다.

이때가 시작이었다. 우울증, 조현병 등 이른바 정신질환에 대해서 나름대로 체계적으로 공부했다. 그동안은 단편적 지식에만 의존해 상황을 순간적으로 모면하려고만 했다. 하지만 이제는 그럴 수 없었다. 처지가 달라졌다. 어머니 병세가 극도로 악화된 만큼 제대로 알아야만 했다.

원래 사용설명서는 제품을 처음 샀을 때 읽어봐야 한다. 전원을 켜고 사용하는 방법을 인지하는 것은 물론이거니와 '주의사항'을 꼼꼼하게 읽어봐야 한다. 제품이 고장 나는 경우는 되게 주의사항을 지키지 않아서다. 그런데 나를 비롯한 많은 사람이 어리석게도 제품이 고장 난 다음에서야 허겁지겁 설명서를 펼쳐본다. 그마저도 안 버리고 가지고 있으면 다행이다.

내가 만약 상식적인 수준만이라도 정신건강에 대해서 올바르게 알고 대처했다면 엄마와 내 인생은 어떻게 달라졌을까 하는 후회가 들었다. 지나간 일을 어찌하겠는가. 훌훌 털어버리고 다시 일어서야 했다.

✱ 보호 병동은 억압의 공간이 아니라, 치유 공간이다

책부터 몇 권 샀다. 정신건강의학과 의사들이 쓴 책도 사고, 환자가 병을 이겨낸 투병 후기 책도 샀다. 도움이 될 법한 서적들은 모조리 찾아서 읽었다. 이렇게도 좋은 책들이 많았는데, 난 지금까지 뭘 했는가 싶었다.

정신건강에 대해서 하나둘씩 바른 정보를 습득하면서 보호 병동에 대한 오해도 자연스럽게 풀어졌다.

보호 병동은 감옥이 아니었다. 환자가 집과 병원을 오가는 통원치료가 어려울 때 가는 곳일 뿐이었다. 그곳은 그저 집중치료가 필요한 환자들이 입원하는 말 그대로 '병원'이었다.

당연히 병원인 만큼 일반적인 가정환경과는 전혀 다른 운영 규칙이 있다. 이러한 특수성을 몰라서 나 혼자만 지나치게 슬퍼하고 있었다. 어머니를 보호 병동에 입원시킨 일은 엄마가 치유되는 데 도움이 되었던 행동이다. 나를 자책할 일은 아니었던 거다.

보호 병동이 폐쇄적인 공간인 건 사실이다. 하지만 감옥처럼 형벌로서 자유를 억압하기 위해 환자의 행동을 제약하는 게 아니다. 환자를 보호하기 위해서다. 수술실이나 중환자실에 관계자 외 출입이 엄격하게 통제되는 것과 똑같은 원리다. 환자가 충동적으로 병원 밖으로 빠져나가는 상황도 막고, 일시적인 망상에 사로잡혀 주변인에게 위협을 가하는 행동도 막기 위한 전문적인 조치일 뿐이다.

눈을 돌려보면 오히려 환자를 보호하기 위한 섬세한 장치들이 훨씬 많다. 끈이 있는 물건이나 전기 콘센트가 없고, 거울도 깨지지 않은 소재로 만들어져 있다. 화장실 세면대도 말랑말랑한 고무 재질이다. 환자가 자해하는 상황을 예방하기 위해서다.

영화에서 보는 것처럼 환자를 힘으로 제압하거나 격리실에 폭력적으로 가두지도 않는다. 일부 이상한 병원에서 그런 행동을 하기도 하지만, 그곳은 병원이 아니라 그냥 척결해야 할 범죄 집단이다. 혹시라도 그런 곳을 발견하면 빨리 신고해야 한다. 병원 시설이 열악하여 부득이하게 환자의 복리후생을 제한하는 때는 있지만, 정신보건법을 준수하는 정상적인 병원이 환자에게 위협을 가하는 경우는 절대 없다.

환자가 폭력적인 행동을 하거나 극도로 흥분했을 때 안정을 취하는 '보호실'이 있긴 하다. 그런데 그곳도 병실 가까이에 있다. 약물치료를 받고 1~2시간 정도 잠시 누워 있다가 다시 병실로 돌아온다. 환자 스스로 가서 누워 있다가 오는 경우도 많다. 게다가 병원 환경에 따라 조금씩 다르지만 대부분 CCTV가 24시간 돌아가면서 환자, 간호사 그리고 의사까지 찍고 있다. 무서운 상상을 할 필요가 전혀 없다. 만에 하나라도 사고가 발생하면 영상 기록을 살펴보면 되니깐.

종종 물리적인 힘으로 환자를 제압하는 때도 있다. 환자가 자살을 시도하거나 자기 몸을 스스로 다치게 할 때다. 환자를 진정시키기 위해서다. 폭력이 아니라 '간호 행위'다. 그리고 이런 경우라면 병원 내부 관계자가 아니더라도 힘으로 누구라도 환자를 제압할 거다. 사람이 죽으려고 자해를 시도하는 데 어느 누가 환자의 팔을 꽉 붙잡지 않겠는가. 마치 병동에서만 물리력을 행사하는 것처럼 오해하면 안 된다.

손목에 멍 자국이 있다면 오히려 고마워해야 한다. 그렇게 강한 힘으로 환자가 자신에게 해를 가했다면 크게 다치거나 죽었을지도 모른다. 갈비뼈가 부러지더라도 심폐소생술로 응급환자의 심장을 뛰게 만드는 것처럼, 환자의 생명을 보호하기 위해 어쩔 수 없이 시행한 보호 행위다.

잘못 생각하고 있었던 부분들이 하나둘 교정되면서 마음 한구석에 쌓여있던 죄책감이 조금씩 사라졌다.

슬픔이 그대 삶으로 밀려와
마음을 흔들고 소중한 것들을
쓸어가버릴 때
그대 가슴에 대고 가만히 말하라

이 또한 지나가리라

_랜터 윌슨 스미스

III

그래도 약이 예뻐서 다행이야

Let it be!

일찍이 셰익스피어는 사람의 악행은 청동에 새겨지고
덕행은 물로 쓰인다고 했다.
그런데 살아보니 타인에 대한 평가만 그런 게 아닌 것 같다.
우리 안에 있는 기억들도 똑같은 것 같다.
부정적인 기억만이 뼛속 깊이 새겨졌다.
좋았던 추억들은 금방 휘발되고.

여성, 남성이 아니라
그냥 '사람'으로서

평소 알고 지내던 여동생이 찾아왔다. 자기가 지금 경증 우울증을 겪고 있는데 같이 대화를 좀 해달라는 요청이었다.

우울증을 앓고 있는 사람이나 가족이 본인 상황을 말로 꺼내는 데는 큰 용기가 필요하다. 목 끝까지 차오른 말도 삼키고 또 삼키다가 겨우겨우 속마음을 꺼내놓는다. 상황을 주변 사람에게 알리는 것만으로도 충분히 박수받고 또 격려받아야 한다.

이런 점을 누구보다 잘 알기에 진지하게 대화에 임

했다. 머릿속으로 찬찬히 해야 할 말과 하지 말아야 할 말들을 정리하고 카페로 나갔다.

따뜻한 디카페인 커피를 두 잔 시켜놓고 어색하게 마주 앉았다. 경직된 분위기도 풀 겸 난 가볍게 머그잔 이야기를 꺼냈다. 평소 예쁜 잔에다가 음료를 따라서 마시는 걸 좋아하는데 커피 한잔도 이왕이면 무게감이 있는 두꺼운 컵에 담아서 먹는 걸 좋아한다고 했다. 말이 나온 김에 시애틀 1호 매장에서 공수한 스타벅스 머그잔도 자랑했다.

한참을 듣더니 여동생이 나보고 의외로 '여성스럽다'라고 말하며 키득거렸다. 다소 불편했지만, 그냥 들어 넘겼다. 어쨌든 어색한 분위기가 풀리고 말문이 트였으니깐. 어렵게 만든 자리인 만큼 그녀를 정서적으로 100% 지지해주고 싶었다. 본격적으로 대화가 깊어지자 평소 내가 적어왔던 일기장을 꺼냈다. 쉽게 휘발되어버리는 생각과 감정들을 적어나가다 보면 감정을 정제할 수 있다는 얘기를 하고 싶어서였다.

그런데 대뜸 일기장을 집어 들더니 "하하, 오빠 섬세하다. 여자 같아"라고 말하는 게 아닌가. 한 대 쥐어박고 싶은 마음을 간신히 눌렀다. 걱정스러운 맘에 부끄러움을 무릅쓰고 일기를 보여줬건만, 자꾸 여자 같다는 말만 계속했다. 내 노력과 배려가 깡그리 무시받는 느낌이었다.

거의 2시간 동안 그녀를 억압해온 불합리한 시선들에 대해 함께 욕하고, 분노하고 있었다.

가족들 앞에서 '살가운 딸'이 되어야만 하는 순간들이 불편하다고 말하면 한국에서는 왜 여자만 고분고분해야만 하는지 이해할 수 없다고 맞장구쳐줬다. '여자'로서, '딸'로서가 아니라 온전히 자기 모습 그대로 인정받고 존중받는 사회가 돼야 한다고 같이 핏대를 세웠다.

영혼 없이 '흔한 경우'야. '다 그래' 같은 말은 하고 싶지 않았다.

그렇게 입이 닳도록 함께 사회의 억압적인 시선에

관해 얘기했건만. 그런데 나보고 여자 같단다. 참나. 그러면서 깔깔 웃는다. 얘가 정말 우울증 환자일까 하는 의심마저 들었다.

본인은 정작 한국 사회에서 여성으로서 억압받는 사실에 분노하면서 왜 똑같은 프레임으로 날 가두려 하는지 이해가 안 됐다. 사람에게는 누구나 여성성과 남성성이 동시에 존재한다. 사람에 따라 정도가 다를 뿐이지, 문화적인 맥락이나 가정환경에 따라 각자 다른 형태로 발현된다.

굳이 이렇게 복잡하게 생각하고 싶지도 않다. 서로에게 힘이 되기 위해 만났는데, 왜 굳이 '여성'과 '남성' 프레임에 놀아나야 하는 건지 당최 이해가 안 됐다.

✳ 그냥 '한 사람'이 아픈 거야

한 사람을 자기만의 역사와 개성을 가진 주체적인 개인으로 보지 않고, 사회에서 만들어진 프레임으로 바라보는 시선은 매우 흔하다. 남성성과 여성성에 대한 고정관념이 대표적인 예다. 재밌는 건 프레임의 피해자인 여성조차도 알게 모르게 이 틀로 남성을 구속한다는 점이다.

우울증만 해도 그렇다. 우울증이 유독 여성에게서 많이 나타나는 건 '팩트'다. 2017년 국내 여성 우울증 환자는 45만 명으로 남성보다 2배 이상 많다. 전문가들은 원인을 호르몬에서 찾는데, 여성은 남성과 달리 호르몬이 주기성을 가지기 때문에 감정 기복이 더 심하다는 분석이다. 연장 선상에서 여성의 우울증을 '산후 우울증'이나 '갱년기 우울증'처럼 생애 주기별로 구분하기도 한다.

맞는 말이지만, 여성이라는 생물학적인 특수성에 기반해 우울증을 바라보는 건 경계해야 한다. 호르몬이 영향을 주기도 하지만, 상당수 여성은 호르몬 때문에 아픈 게 아니라 자신들이 처한 상황 때문에 어려움에 빠진 거다. 개인이 마주하고 있는 특수한 상황과 원인을 외면한 채 호르몬 이상으로만 몰고 가면 안 된다.

이러한 관점은 또 역으로 남성을 옭아매기도 한다. 아주 지독한 프레임이다.

여성들은 산후 우울증이라는 프레임 안에서 그래도 숨통이 트인다. 아기를 낳고 우울하다는 얘기도 비교적 쉽게 꺼낼 수 있다. 필요하면 힘들다고 주변 사람에게 언제든지 도움을 청할 수 있다.

그런데 남성은 말조차 꺼낼 수 없다. 여자에게 엄마가 되는 일이 큰 충격이듯이, 남자에게 아빠가 되는 일도 마음의 준비가 필요한 일이다. 엄마와 똑같이 한눈팔아도 안 되고, 쉬어도 안 된다. 한 집안의 가장으로서 책임감을 느끼고 경제 활동에 전념해야 한다. 행복하지만 지친다.

아빠도 가끔 회사에 가기 싫다. 울고 싶을 때도 있다. 그런데 토끼 같은 아기를 낳아준 아내 앞에서 감히 우울해서는 안 된다. 세상을 다 가진듯한 행복한 미소는 필수다. 아빠가 우울해지는 건 용납되지 않는다.

우울증을 주제로 한 보도자료, 드라마 등에서 남성의 억울한 이야기가 심층 깊게 다루어진 경우를 못 봤다. 어쩌면 내가 잘 몰라서 그렇지, 많이 있었을 수도 있다.

하지만 분명한 건, 산후 우울증처럼 사회적으로 건전하게 공론화된 적은 없다. 우울증 환자 통계가 발표되던 날만 해도 그랬다. 모두가 여성이 남성의 2배라는 점에만 주목했다. '여성들이여, 조심하라'는 메시지만 가득했다. 이거 어디 쪽팔려서 남자들이 감히 우울증에 걸릴 수 있겠는가.

남성과 여성의 권리를 논쟁하고 싶은 게 아니다. 제발 한 사람을 표본집단의 'one of them'으로 보지 말고, 그 사람 모습 그대로 'only one'으로 봐달라는 거다.

내 마음에 꼭꼭 숨겨둔 아이

크리스마스 아침, 학교 강당에 도착했다. 이른 시간이라 피곤했지만 서둘러야 했다. 산타클로스 복장 분장을 마치고 선물을 챙겼다. 정성스럽게 쓴 손편지까지 마무리 지은 후, 아이들이 기다리고 있는 장소로 향했다.

'몰래 산타'라는 봉사단체에서 매년 한부모 가정 또는 저소득층 아이들에게 성탄절 날 선물을 전달하는 행사에 참석한 거였다.

방문하는 가정마다 반응은 각양각색이었다. 작년이랑 똑같다고 투덜대는 어린이도 있었고, 다른 선물로 바꿔 달라고 하는 꼬맹이도 있었다. 부모님들은 고맙다며 손을 꼭 잡아 주기도 하셨고, 간식을 내어주시기도 했다. 정신없이 할당된 가구들을 거의 다 돌았다.

그리고 마지막 집에 들어갔을 때였다. 꼬맹이 녀석이 내 눈길을 끌었다. 어린애답지 않게 날 침착하게 맞이해주었다. 얌전히 앉아서 우리가 불러주는 노래를 듣고는 예의 바르게 선물을 받아줬다.

어디서 많이 본 익숙한 표정과 행동이었다. 어렸을 때 내 모습이었다.

이런다고 상황이 달라지지 않는다는 걸 너무도 잘 안다는 듯이 체념한 표정. 마음이 아렸다. 그렇다고 섣불리 그 아이 인생에 개입할 수도, 해서도 안 됐다. 나는 그 아이를 도와줄 만한 자격도, 재력도, 시간도, 의지도 없다. 아이를 돌봐주는 할머니도 있는데, 내가 뭐라고. 주제넘은 생각이었다.

가정마다 배정된 체류 시간이 지났지만, 발길이 떨어지지 않았다. 이런 내 마음이 전달되었던 걸까. 아이도 내 무릎 위에 앉아 가만히 있었다.

그래도 달라지는 건 없다. 나도, 이 친구도 다시 일상으로 돌아가야만 했다. 그 녀석은 알았다는 듯이 태연하게 일어섰다. 내년에 또 오라고 조르지도 않았다. 나역시도 지킬 수 없는 약속은 할 수 없었다. 온 힘을 다해 꼭 껴안아 주고 자리를 일어섰다.

선물 배달을 마치고 돌아오는 길에 신촌의 크리스마스 풍경을 내려다봤다. 그야말로 불야성이었다. 성탄절 신촌 거리에는 사랑에 취하고, 술에 취한 청춘 남녀들이 북적북적했다. 불과 십 분 전만 해도 어두침침한 형광등 아래에서 무거운 적막감과 싸우고 있는 이웃들과 함께 있었는데. 행복에 취해 고성이 오가는 신촌이 낯설게만 느껴졌다.

그 녀석의 표정이 오는 내내 머릿속에서 떠나질 않았다. 행사 준비 장소에 도착하면서 겨우 정신을 차렸다. 뒤풀이를 위해 자원봉사자들이 모두 모였다. 웅성웅성. 사람들이 오늘의 활약상을 나누는 소리가 들려왔다. 난 별로 얘기할 기분이 아니었다. 구석에서 조용히 맥주 한 캔을 들이켰다. 계속 그 아이만 생각났다.

분위기가 무르익을 무렵, 행사 단장님이 마이크를 잡고 일어났다. 마이크를 돌려가며 본인이 왜 이 단체에 가입했는지, 오늘 한 활동들이 자신에게 어떤 의미가 있었는지 한마디씩 해달라고 했다. 멍하니 앉아있다가 갑자기 마이크를 넘겨받았다. 무슨 말을 해야 할지 생각도 못 했다. 나도 모르게 속마음을 그대로 뱉어버렸다. 이미 제정신이 아니었다.

"이렇게라도 안 하면 미쳐버릴 것 같아서요……."

순간, 어색한 정적이 흘렀다. 웃고 떠들며 하루를 마무리하는 시간이었다. 분위기에 어울리지도, 맥락에 맞지도 않았다. 단장님은 다급하게 문성철 씨가 술 취했나 보다 하면서 마이크를 다음 참가자에게 넘겼다.

'내가 무슨 말을 한 거지. 미쳤구나.'

화장실 간다고 얘기하고, 모임 장소를 급하게 빠져나왔다. 도망치듯이 한참을 걸었다. 목적지도 없이.

✳ 격한 감정이 올라올 때,
내면의 아이가 보여

봉사 활동에 집착하기 시작한 건 엄마가 돌아가신 후부터였다. 뭔가 의미 있는 일을 해보고 싶었다. 그리고 나 정도면 다른 사람을 도울 수 있지 않을까 하는 말도 안 되는 착각을 했다. 나는 어려움을 이겨냈고, 이 경험을 바탕으로 주변 사람을 도울 수 있다고 생각했다. 근거 없는 의무감마저 들었다.

지금 생각해보면 웃기지도 않는다. 나를 구원하지도 못하면서 다른 사람을 구원하려 했으니.

그즈음 난 자칭 완벽한 청년으로 변신해 있었다. 겉보기에는 그랬다. 어려운 가정환경을 극복하고 명문대에 입학한 전도유망한 대학생이었다. 세상 행복한 척, 착한 척하며 돌아다녔다.

하지만 거짓이었다. 포장된 모습일 뿐이었다. 쓰레기로 가득 찬 창고 문을 굳이 열고 싶지 않았다. 내 안의 상처, 두려움을 감히 들여다볼 용기가 없어, 내 안의 아이를 철저하게 외면하고 있었다.

대신, 타인의 문제에만 집착했다. 봉사 동아리는 일종의 도피처였다. 나를 숨기고 지키기 위한 맹목적인 활동이었다. 그러다 결정적인 순간에 감정이 터져버린 거다. 엉뚱한 곳에서 전혀 준비되지 않은 상태로. 가둬놨던 내 안의 아이가 문을 박차고 나와버렸다.

어린 시절 경험한 슬픈 사건은 우울증을 이해하는 데 있어 중요한 단서다. 이를 '내 안의 아이(Within Child)'라고 칭하는데, 유년 시절 또는 청소년기에 겪었던 상실감, 수치심, 열패감 등이 미래의 삶에도 영향을 미친다는 설명이다. 어릴 때 겪은 정신적 충격이 뇌에 기억으로 저장되어 있다가, 성인이 되었을 때 표출된다고 분석한다.

예를 들면, 어렸을 때 양육자에게 계속 무시당하며 자란 아이는 커서 누가 자기를 조금만 업신여겨도 격한 반응을 보인다. 화가 날 법한 상황이지만, 폭발할 만한 일은 아닌데 미친 듯이 화를 낸다. '성인이 된 내'가 아니라 '상처받은 내 안의 아이'가 상황을 곡해하는 거다.

나 같은 경우는 선물 배달 나갔다 우연히 만난 아이의 모습에서 뜻하지 않게 과거의 나와 직면해버렸다. 마지막 집에서 만난 아이는 어쩌면 내 생각만큼 불행하지 않았을 수도 있다. 그리고 뒤풀이에서도 마찬가지였다. 말실수했지만, 사람들은 별로 신경 안 썼을 거다. 그런데 어디 홀린 사람처럼 나만 상황 전체를 극도로 예민하게 해석해 버린 거다.

상처받은 소년, 문성철이 어른이 된 나를 장악했던 거다.

복에 겨워야
마땅한 시간에

프랑스 사회학자 에밀 뒤르켐(Emile Durkheim)은 특정 집단이 다른 집단에 비해 자살 가능성이 크다는 사실을 발견했다. 여성보다 남성이, 가톨릭 신자보다 개신교인이, 기혼자보다는 미혼자가 자살할 가능성이 크다는 것이다.

그는 이와 같은 자살 패턴을 사회적인 관점으로 분석했다. 순전히 개인적인 판단으로 자살하는 것처럼 보이지만, 실은 사회 속에서 맺어진 관계의 영향을 많이 받는다는 거였다. 예를 들면 기혼자는 남편, 아내, 자식이 삼각관계로 얽혀 있는 만큼 혼자 사는 미혼자보다 자살할 확률이 더 낮다는 거였다. 쉽게 말해, 가족만 남겨두고 나 홀로 죽을 수가 없는 거다.

주장의 요지는 소속감으로 강하게 묶여 있는 사람일수록 자살할 가능성이 적다는 거였다. 서로에게 정서적으로 의존하는 유대관계가 살아가는 동력이라는 분석이다. '내가 너 때문에 산다'라는 말과 비슷한 맥락이다.

나 같은 경우는 엄마에게서 그런 유대감을 느꼈다. 친척도 별로 없었고, 성격상 단짝 친구도 그리 많지 않았다. 학교에 소속되어 있다는 느낌도 없었다. 오히려 소외감만 충만했지. 그때는 또 교회도 안 다녔으니, 엄마를 제외하곤 유대관계라곤 거의 제로였다.

힘들기도 했지만, 엄마는 내 삶의 큰 동력이었다. 엄마와 부대끼며 살 때는 악착같이 살았다. 성공해서 엄마 호강시켜주려고 공부도 열심히 했고, 엄마를 지켜주고 싶은 마음에 합기도 배웠다. 어떤 상황에서도 이를 악물었다.

그런데 엄마가 사라지면서 내 유일한 유대의 대상이 사라졌다. 유대의 끈이 끊어지면서 인생의 엔진도 꺼져 버렸다. 열렬히 살아야만 하는 이유가 없어졌다.

아무렇지 않은 척했지만, 실은 전혀 괜찮지 않았다.

엄마가 병적으로 그리웠다. 그런데 역설적으로 힘들고 어려울 때보다, 뭔가 기쁜 일이 있을 때 엄마가 더욱 더 보고팠다.

✲ 지긋지긋한 외로움, 언제나 내 곁에

어엿한 대기업에 입사했다. 월급이란 걸 받으면서 삶이 경제적으로 윤택해졌다. 한 달에 이삼백만 원 정도의 현금이 매월 들어오자 생활 패턴이 달라졌다. 지긋지긋한 고시원부터 벗어났다. 인제 샤워실이나 화장실을 같이 쓰지 않아도 됐다. 원룸, 오피스텔을 거쳐 부엌과 거실이 있는 반 전셋집을 구했다.

씀씀이도 달라졌다. 학교 다닐 때는 식대로 끽해야 몇천 원 정도를 사용했다. 학생회관에서 삼사 천 원짜리 밥을 먹었고, 어쩌다 기분을 내봐야 분식집 정도였다. 피자나 통닭도 생일 같은 때나 시켜 먹는 음식이었다.

하지만 직장인이 되고 신용카드가 생기면서 이른바 '맛집'을 드나들게 되었다. 세상에 이렇게 다채로운 음식이 있는 줄 몰랐다. 탕수육, 삼겹살 말고도 맛깔나는 기름진 음식은 넘쳐났다.

삶의 결이 달라졌단 걸 본격적으로 느낀 건 입사 첫날이었다.

회사에 처음으로 출근하던 날이었다. 본부 임원이 신입사원 환영회를 하자고 했다. 나에게 뭐 먹고 싶은지 말하라고 했다. 잠시 고민에 빠졌다. 하늘 같은 임원이었다. 신중하게 답해야 했다. 비싼 음식을 부르면 안 될 것 같았다. 그렇다고 아주 싼 걸 말하고 싶진 않았다. 센스 없어 보일까 봐. 고심 끝에 무난하게 삼겹살을 먹고 싶다고 했다. 내심 삼겹살이 먹고 싶기도 했고, 이 정도 가격이면 적당하지 않을까 싶어서였다.

임원은 묘한 웃음을 짓더니 룸이 있는 소고깃집으로 날 데려갔다. 아늑한 조명 아래에서 처음 보는 술과 함께 쇠고기 한 점을 입에 넣었다. 살살 녹았다. 더 충격적인 건 종업원이 고기를 구워준다는 점이었다. 불판을 바라보며 항상 마음 졸이며 고기를 구웠는데, 살다 보니 이런 날도 오는구나. 감격이 밀려왔다.

선배들이 좀 더 먹고 싶으면 추가로 주문하라고 했다. 긴장한 탓에 나도 모르게 정말 더 시켜도 되는지 진지하게 되물었다. 전부 빵 터졌다. 없어도 너무 없는 티를 낸 거였다. 선배들이 우리 회삿돈 많다며 마음껏 먹으라고 했다.

행복했다. 빳빳한 와이셔츠에 까만 정장을 입고, 회사 배지를 차고 있는 내 모습이 뿌듯했다. 언젠가 나도 저렇게 멋진 임원이 되겠지. 큰 차를 타고 도심 속 빌딩 숲을 멋지게 오가는 내 모습이 그려졌다. 모든 것이 완벽했다.

바로 그때였다. 불현듯 엄마가 생각났다. 엄마는 이런 음식을 먹어보긴 했을까. 이렇게 좋은 곳을 구경이라도 해봤을까 하는 생각들이 몰려왔다. 고기를 씹을 수가 없었다.

미안했다. 엄마는 육체에 영양소를 공급하기 위해 억지로 먹을 걸 삼켜야만 했다. 아니, 주입해야 했다. 아이스크림이나 밥이나 똑같은 맛이었을 거다. 그런데 나 혼자만 이렇게 맛있는 걸 먹고 행복해도 되는 걸까.

행복해지면 행복해질수록 엄마에 대한 근거 없는 죄책감만 커졌다. 나 때문에 돌아가신 것도 아니고, 내 잘못도 아닌데.

행복감이 절정에 치달을 때마다 병적인 그리움이 찾아왔다. 난생처음 스키장 꼭대기에서 하얀 설경을 보았을 때, 일본에서 바다가 보이는 노천탕에서 사우나를 즐길 때, 강남 한복판에 있는 고층빌딩에서 서울 시내 야경을 내려다볼 때, 내가 행복하다고 말을 내뱉는 순간마다 엄마가 보고팠다.

'엄마는 이런 것도 못 해보고 갔네…….'

아무리 생각해도 이건 말이 안 된다. 복에 겨워야 마땅한 시간이다. 인생이 순조롭게 흘러가고 있지 않은가. 대기업에 취업했고 몸도 건강하다. 예전처럼 병간호도 안 해도 되고, 내 앞길은 창창하기만 하다. 엄마도 아들이 잘사는 걸 보면 뿌듯할 거다.

그런데 대체 왜 마음이 아픈 걸까.

우울증 진통제는
다 어디로 갔을까

소풍 가기 전날, 부엌에서 들려오는 소리에 잠을 깼다. 눈곱 사이로 분주한 부엌의 풍경이 보였다. 정갈하게 정돈된 식탁 위로 따뜻한 주황색 전등이 켜졌다. 엄마는 새벽에 일어나 김밥을 준비 중이었다. 냉장고 앞에 잠시 멈춰 섰다가 이내 뭔가 생각이 정리되었다는 듯이 도마를 꺼냈다. 중간중간, 접시를 식탁에 놓는 소리도 들렸다. 율동적인 칼 소리와 물 끓는 소리. 탁! 탁! 탁! 탁! 보글보글. 분명 잠을 방해하는 소음이었다. 그런데 이상하게도 그 소리만 들으면 더 깊게 잠에 빠졌다.

내일모레면 마흔인데 아직도 이 소리가 그립다. 언제 일인데 잊어버릴 때도 되었건만. 옛 기억이 날 압도했다.

이런 날이면 술을 마셨다. 술 먹는 분위기가 좋아서도 아니었고, 술맛을 좋아해서도 아니었다. 과거와 관련된 기억과 감정을 지우고 싶어서였다.

머리가 과거 기억으로 도배되는 날엔 밤에 잠도 안 왔다. 생각이 꼬리에 꼬리를 물었다. 어떻게든 자보려고 뒤척이면 뒤척일수록 정신이 또렷해졌다. 푹 좀 자고 싶은데, 잠이 안 와서 미쳐버릴 것 같았다.

생각을 멈출 수 있는 유일한 방법이 술이었다.

술에 취하면 잠시나마 모든 걸 잊을 수 있었다. 그리고 잠도 깊이 들 수 있었다. 실제론 그렇지 않았겠지만, 느낌상으론 숙면이었다. 아마 내 몸의 장기는 알코올을 분해하느라 한시도 쉬지 못했을 거다.

그래도 알딸딸하게 취기가 오른 상태에서 새벽에

깨지도 뒤척이지도 않고 푹 잤다. 그 정도면 대만족이다. 거창한 걸 바랐던 게 아니었다.

술을 먹고 자는 게 일상이 되자, 어느 순간부터 술에 내성이 생겼다. 맥주 몇 캔으로는 안 취했다. 더 센 술이 필요했다. 효율적으로 취할 방법이 필요했다. 고량주나 위스키처럼 도수가 높은 술로 넘어갔다. 배도 부르지 않고, 짧은 시간에 취할 수 있어 좋았다.

그렇다고 내가 알코올 중독자는 아니었다. 조절할 수 있을 만큼만 마셨으니깐.

눈치챘겠지만, 궤변이다. 그냥 그렇게 믿고 싶었던 거다. 먹는 횟수나 양으로 보면 분명 중독 수준이었을 거다. 한국 사회가 술에 관대해서 그렇지, 실제로 알코올 사용 장애 범주는 우리 상식보다 훨씬 더 광범위하다.

금단증상이 심하지 않고 통제 능력을 상실하지 않더라도 심리적인 이유로 술을 찾으면 알코올 의존증으로 정의한다. 그리고 맥주 한 캔 등 작은 양이라도 매일 일정량을 습관적으로 마시는 경우도 알코올 사용 장애로 진단된다.

다소 의아해 보일지도 모르겠다. 주변에 이런 사람들이 흔하기 때문이다. 하지만 우울하거나 스트레스를 받는다고 해서 모두가 술을 찾는 건 아니다. 운동 등 건전한 취미 활동으로 슬픈 감정이나 스트레스를 털어내는 사람들이 훨씬 더 많다. 힘들어서, 우울해서 술을 찾는 것이 건강한 습관은 아닌 거다.

✱ 뇌에 새겨진 기억은
술로도 지워지지 않아

인류는 수천 년 동안 알코올을 천연 항불안제로 즐겨왔다. 우울감을 떨쳐내고 기분 전환을 위한 수단으로 활용했다.

현대사회로 넘어오면서 이런 경향은 더 강해졌다. 우울증 진통제라도 복용하는 것처럼 술을 약처럼 마셨다. 어디서나 쉽게 구할 수 있고, 돈도 많이 들지 않아서였다. 한국 같은 경우는 술이 물보다 쌀 때도 있으니 말 다 한 거 아니겠는가.

누군가에게는 정신건강을 회복하는 열쇠였을 지도 모른다. 술을 먹으면 어쨌든 기분이 좋아지니까 말이다. 실제로 알코올을 섭취하면 일시적으로 쾌락 호르몬 분비가 증가하기도 한다.

하지만 잠시뿐이다. 오랜 기간 과음에 노출되면 알코올로 인한 자극에 둔감해져 술을 마셔도 더 기분이 좋아지지 않는다. 오히려 점점 무기력해진다.

게다가 알코올 중독은 우울증에 치명적이다. 이 둘은 대표적인 동반 질병이다. 우울할 때 마시는 술이 우울증을 부르고, 우울증이 다시 술을 부르는 악순환 관계다. 알코올은 어떠한 형태로 마시든, 몸과 마음을 병들게 하는 유해성 물질이다.

나도 이런 사실은 안다. 술에 의존해 슬픔을 이겨내는 사람들을 보고 못났다고 흉을 본 적도 많다. 술에 취해 땅바닥에 쓰러져 울고 있는 사람을 한심하게 내려다봤다. 그런데 내가 그런 사람이 될 거란 건 상상도 못 해봤다.

하지만 안 먹을 수가 없었다. 채워지지 않는 허전함을 달래주는 유일한 친구였기 때문이다. 찬 바람이 부는 날엔 따뜻한 술 한잔이 최고의 위로였다.

그랬던 나였지만, 어느 순간 거짓말처럼 술병을 내려놨다. 부득이한 경우가 아니면 술에 입도 안 댄다. 특히 '혼술'은 아예 안 한다. 간이 나빠져서도 아니고, 개과천선해서도 아니었다. 쓸모가 없단 걸 깨닫고부터다.

아무리 술을 퍼마셔도 기억 자체를 지울 순 없었다. 문제는 기억들인데, 술에 취한다고 뇌 속에 있는 특정 기억들이 포맷되지 않았다.

우울증약도 매한가지다. 약물은 우리 몸을 물리적으로, 생리적으로만 치유한다. 기억까진 건드리지 못한다. 약만 잘 먹는다고 해서 우울증을 완치할 수 있는 것은 아니다. 뇌 깊숙이 뿌리 박힌 기억, 생각, 감정도 어루만져줘야 한다.

일찍이 셰익스피어는 사람의 악행은 청동에 새겨지고 덕행은 물로 쓰인다고 했다. 그런데 살아보니 타인에 대한 평가만 그런 게 아닌 것 같다. 우리 안에 있는 기억들도 똑같은 것 같다. 부정적인 기억만이 뼛속 깊이 새겨졌다. 좋았던 추억들은 금방 휘발되고.

삶의 기억들을 모조리 꺼내놓고 기쁨, 보통, 슬픔이라는 꼬리표를 붙여 보면 슬픔으로 분류되는 사건은 생각보다 별로 많지 않을 거다. 기쁨과 대등하거나, 설사 많다고 해도 보통보다는 무조건 적을 거다. 그런데도 우리는 슬픈 기억만 계속 붙잡고 아파한다.

술로, 약으로 슬픈 기억을 억지로 누르려고 하기보다 차라리 긍정적인 추억들을 더 또렷하게 기억해보는 건 어떨까.

솔직해져야 하는 순간

모니터만 바라보며 인사하던 사이였는데, 옆 팀 차장님이 대뜸 내게 오더니 지금 시간 괜찮으면 차 한잔하자고 했다. 조금 의아했지만, 딱히 거절할 명분도 없어 하던 일을 잠시 멈추고 일어났다. 차장님은 혹시나내가 자리를 비우는 게 부담스러울까 봐, 우리 팀 팀장님께 문 사원 데리고 차 한잔 마시고 오겠다고 양해도구해줬다.

차장님은 본인 신입사원 시절부터 이야기를 꺼냈다. 사고 쳐서 경위서를 쓴 경험부터 승진에서 누락되어 사표 썼다가 팀장님한테 반려 당한 일화까지 직장 생활 일대기를 들려주셨다.

'음, 많은 일이 있었구나. 그동안 업무 메일만 주고받으면서 기계처럼 대화했는데…….'

그제야 차장님이 사람으로 보였다.

대화의 끝은 그만두지 말라는 거였다. 삼성전자란 회사는 아무나 들어올 수 있는 곳이 아니니 신중해야만 한다고 했다. 휴직도 할 수 있고, 다른 몇 가지 방법이 있으니 열어놓고 생각해보란 거였다.

하지만 이미 늦었다. 마음에 결론을 내린 상태였다. 인사팀에서도 절차를 밟고 있었다.

대한민국 최고의 기업이었지만 내겐 별 의미 없었다. 온 국민 관심사인 삼성전자 연말 보너스도, '삼성맨'이라는 자부심도 다 필요 없었다. 거대한 관료조직에서 기계처럼 일하고 싶지 않았다.

✳ "팀을 바꾸어 드릴까요?"

무엇보다 난 전자제품이 싫었다. 단순히 안 좋아하는 수준이 아니었다. 집에는 냉장고와 세탁기 정도만 있으면 된다고 생각하는 사람이었다. 어쩌다 휴대폰이라도 바꾸는 날에는 극심한 스트레스에 시달렸다. 새로운 앱을 깔고 다시 정리하고, 사용법을 익히는 과정들이 내겐 모두 고역이었다. 그런 내가 빠르게 변화하는 전자제품 마케팅 계획을 짜고, 신제품을 모니터하는 건 고통 그 자체였다.

그리고 창피하지만 왜 그만두는지 확신도 없었다. 진짜 몰랐다. 지금까지도 왜 퇴사했는지 명쾌하게 설명을 못 하겠다. 심적으로 불안한 상태에서 충분히 숙고하지 못한 채 내린 결정이었다.

차장님께 이런 생각까지 말씀드릴 수는 없었다. 적성에 안 맞아서 새로운 일을 찾을 거라고만 했다. 차장님은 어쩔 수 없다는 듯이 그래도 인사팀에 꼭 솔직하게 말하고, 다른 대안이 없는지 알아보라고 조언해주셨다.

옳고 그름을 떠나 고마웠다. 평소에는 말 한마디 없다가 지금 이렇게 얘기해주는 게 신기하기도 했다. 내가 뭐라고.

이야기가 끝난 후 사무실에 돌아오자마자 이번엔 인사팀에서 전화가 왔다. 지금 인사팀으로 오라고 했다. 업무 수첩을 들고 인사팀으로 갔다. 웬걸, 상담실에 온 인사팀 직원은 수첩도 안 가지고 왔다. 이상했다. 회의에 참석할 때 수첩이나 태블릿PC를 가지고 다니는 건 삼성맨의 기본자세인데. 그러더니 대뜸 커피 한잔하겠냐고 묻는다. 그날만큼 커피를 많이 마셔본 적도 없다. 다들 나랑 차 한잔을 하지 못해 안달 났다.

인사팀 직원도 조금 전에 대화를 나눈 차장님처럼 똑같이 자기 회사 생활 에피소드를 한바탕 풀어냈다. 뭐지. 내가 궁금한 건 퇴사 절차들이었다. 그런데 그는 20분이 넘도록 본인 얘기만 했다. 충분히 밑밥을 깔았다고 생각했는지 이내 진지한 표정으로 내게 물었다.

"팀을 바꾸어 드릴까요?"

예상치 못한 말이었다. 팀을 바꿔주면 다시 다니겠냐는 거였다. 흔들렸다.

한 번쯤 그런 생각을 해본 적이 있었다. 삼성전자에는 10만여 명의 임직원이 일한다. 큰 조직인 만큼 다양한 보직이 있고, 그곳에는 삼성에서 나오는 가전제품을 하나도 몰라도 일할 수 있는 직무들이 꽤 있다.

그룹 연수를 받는 동안 연수원에서 일하고 싶단 생각을 종종 하곤 했다. 평소 새로운 콘텐츠를 공부하고 의미 있는 교육 행사를 기획하는 일에 관심이 많았기 때문이다. 그런데 내가 거기로 갈 수 있단 생각은 못 해봤다.

하지만 기회가 온 것이다. 원한다면 시간은 좀 걸리더라도 교육 분야로 발령을 내주겠다는 제안이었다.

잠시 흔들렸지만, 난 다시 어색하게 웃음 지으며 퇴사 절차를 안내해달라고 부탁드렸다.

✳ 왜 마지막 순간이 되어서야
진심을 꺼내 놓을까

차장님도, 인사팀 직원도 자신이 직장 생활에서 겪었던 어려움을 먼저 이야기한 건 일종의 상담 기법이었다. 적절한 자기 노출(self-disclosure)이다. 자기 노출은 대화를 원활하게 만든다. 소통이 원만하면 서로 도움을 줄 방법도 자연스럽게 도출된다.

나도 똑같은 방식으로 정신건강 문제로 어려움을 겪고 있는 지인들을 도왔다. 내가 경험한 사건과 감정을 정제한 후 말로 표현해 상대방이 부담 없이 속마음을 털어놓을 수 있게 자리를 만들어 주곤 했다.

그런데 정작 나는 속생각을 털어놓지 못했다.

인사팀에서 상담할 때는 이미 결론을 내린 상태였다. 팀원은 물론, 주변 사람에게 퇴사 의지도 밝혀둔 상황이었다. 돌이킬 수 없었다. 결정을 번복해 생각 없는 사람으로 보이고 싶지도 않았다.

그러고 보니 매번 이런 식이었다. 혼자 묵히고 묵히

다가 터져버렸다. 온갖 대안이 있었는데도, 장고 끝에 악수를 뒀다.

학교 다닐 때부터 그랬다. 학교에는 상담센터란 곳이 있었다. 대학 생활에 적응 못 하거나 개인적인 어려움이 있으면 상담을 받을 수 있는 장소였다. 하지만 정작 문을 두드려 보진 못했다.

회사에서도 똑같았다. 삼성전자는 세계 최고의 회사다. 명성에 부합하는 우수한 상담 프로그램이 갖춰져 있었다. 인사 시스템도 체계적이었다. 신입사원이 회사에 적응하지 못할 때 어떻게 도와줘야 하는지도 잘 알고 있었다.

그리고 굳이 상담센터 같은 공적 시스템까지 이용하지 않더라도 내 주변에는 어려움을 함께 고민해줄 수 있는 사람들이 충분히 있었다. 회사 선배나 선생님 등에게 마음 터놓고 얘기만 하면 되는 거였다.

그런데 단 한 번을 속 시원하게 솔직해지지 못했다.

이제 더 늦기 전에

살면서 내 모습 그대로를 타인에게 보여주었던 적이 없었던 것 같다. 늘 편집된 모습만 공개했다. 솔직한 척 속마음을 표현할 때도 있었지만, 그 모습조차도 철저하게 계산된 모습이었다.

이런 내가 사람들 앞에서 원 없이 생각을 펼쳐냈던 때가 있다. 고교 시절 축제에서 연극을 할 때였다.

우리는 영화 〈넘버3〉를 리메이크한 연극을 준비했다. 〈넘버3〉는 두목 자리를 놓고 암투를 벌이는 건달들의 이야기인데, 이 줄거리를 골자로 선생님과 학생의 대결 스토리로 만들었다. 각각의 조직이 학교를 장악하기 위해 싸움을 벌이는 내용이었다. 제법 있어 보이게 말하고 있지만, 연극 대본은 엉망이었다. 각 장면의 유기적인 연결 같은 건 없었다.

연극 대본은 단지 분노와 조롱으로 도배됐다. 대사를 쓰면서 그간 마음속에 축적된 응어리를 여과 없이 쏟아냈다. 꼴 보기 싫었던 선생님을 비하하기도 했고, 우리가 처벌받는 것처럼 똑같이 선생님을 억압했다. 선생님들을 엎드려뻗쳐 놓고 죽도록 때리는 장면도 넣었고, 부모님 모시고 오라고 조롱하는 장면도 넣었다. 완전, 통쾌했다. 현실에서는 절대 일어날 수 없는 일이었다. 가상의 인물을 앞세웠기에 가능했다.

말도 안 되는 연극 대본에 맞춰 그래도 연습을 끝냈다. 이제 무대에 오를 차례였다.

두근두근 뛰는 가슴을 진정시키며 무대에 발을 디뎠다. 강당의 불이 꺼지고 무대에 불이 들어왔다. 웅성웅성하던 관객의 소리도 점점 사라졌다. 뜨거운 조명 불빛 아래서 이마에 땀방울이 맺혔다. 관중들은 날 볼 수 있었지만, 난 관중들을 볼 수 없었다. 어둠 속에서 낱낱이 발가벗겨졌다.

심호흡하고 침착하게 대사를 읊었다.

"이 OOO들. 지들이 모라도 되는 줄 알아요. 그렇게 잘났으면 밖에 나가서 돈이나 벌지. 왜 학교에 와서 OO이야. 만만한 게 우리지!"

약간의 웅성거림이 들렸다. 내용은 알아들을 수 없었지만, 분명 나를 걱정하는 말이었을 거다. 저래도 되는가 싶었을 거다. 선생님의 권위를 깡그리 무시했으니깐. 여태껏 살면서 이렇게 많은 사람 앞에서 속 시원하게 욕을 해본 적도, 폭력을 써본 적도 없었다.

배역 뒤에 숨어 있지만, 살면서 한 번쯤은 꼭 해보고 싶었다.

✳ 분노를 토해내다,
찌꺼기까지 탈탈!

연극에서만큼은 배역과 내가 하나였다. 그 순간만큼은 극 중 인물이었다.

이야기가 진행되면서 갈등이 고조되어 감정이 폭발하는 순간 카타르시스를 느꼈다. 일종의 쾌감이었다. 카타르시스의 사전적 의미처럼 감정이 정화됐다. 몸속에 쌓여있던 감정 찌꺼기들이 배설됐다.

관중들도 열광했다. 다 같이 깔깔거리면서 한바탕 신나게 웃었다. 연극이 끝나자 천둥 같은 박수 소리가 들려왔다. 연극 순서 앞뒤로 밴드 공연 등 다채로운 무대가 펼쳐졌지만, 하나 같이 모두 연극이 최고라고 했다. 내용이 선정적이라고 힐난하는 선생님도 있었지만, 연극 대본의 구성상 어쩔 수 없었다고 했다. 문학의 방패 뒤에 숨어서 허구라고 둘러댔다.

놀라웠던 점은 내가 느꼈던 분노를 친구들도 똑같이 느끼고 있었다는 것이다. 극 중 인물이 단순히 나만의 욕망을 반영한 게 아니었다. 우열반 이동수업, 권위적인 학생 주임 등을 보며 여러 사람이 불편했던 거였다. 나의 이야기가 곧 그들의 이야기였던 거다.

나만 카타르시스를 느낀 게 아니라, 친구들도 함께 분노의 에너지를 털어버렸다.

연극은 소통의 계기를 마련해줬다. 친구들이 날 찾아와 자기들의 에피소드를 풀어놓기 시작했다. 내가 겪었던 일보다 더 치욕적인 일을 당한 친구도 많았다. 야간 자율학습 시간 내내 한국 교육 시스템을 같이 씹어댔다.

대화의 물꼬가 터졌다.

하나둘 조심스럽게 숨겨진 고민을 꺼내놨다. 엄마, 아빠가 이혼을 준비 중이라는 친구도 있었고, 부모님과 떨어져 할머니 집에서 학교에 다니고 있는 친구도 있었다. 나만큼, 아니 나보다 더 힘겹게 학교에서 버티고 있는 친구들도 많았다.

나도 입을 열었다. 엄마 문제를 처음으로 친구들에

게 털어놨다. 적나라하게 얘기하진 못했지만, 그래도 솔직하게 말했다.

그때가 마지막이었던 거 같다. 앞뒤 재지 않고 있는 그대로를 털어놨던 건. 아무리 생각해봐도 그 이후론 내 모습을 순수하게 노출한 적이 없었다.

한심한 놈 같으니라고. 이게 몇 년 전인가. 배역 뒤에 숨어서 연극을 했던 때가 가장 솔직했던 순간이었다니.

술 먹으면서 홀로 슬픔을 삭히고, 밖에 나가서는 거짓 웃음을 짓고 다녔다. 술에 취했을 때조차 호탕한 척만 했다. 어쩌다 비슷한 아픔을 가진 친구를 만나도 편집해서 보여줄 수 있는 부분만 보여줬다. 딱 거기까지였다. 나에 대해서 보다 자세하게 알려고 하면 말을 돌려버렸다.

삶의 중요한 고비마다 차마 입을 떼지 못했다.

엄마가 보호 병동에 입원해 학교를 결석했던 날, 선생님께서 분명히 물어봤다. 선생님이 도와줄 일 없냐고. 하지만 대답하지 못했다. 퇴사하던 날도 어김없이 선배들이 말했다. 도움이 필요하면 꼭 찾아오라고. 역시나 난 고개를 저었다.

이런 내가 우울증 환자까지 돕고 다녔으니…….

삶이 전부 연기였다.

이제 더 늦기 전에 연기를 끝내야만 한다.

성묘 가기 딱 좋은 날씨

가족들이 긴 나뭇가지로 주변을 맴도는 독수리들을 막고 섰다. 피비린내를 맡은 독수리들이 모여들어서다. 망자를 기리는 의식이 끝나자, 장례를 주관하는 사람이 시신을 칼인지 망치인지 모를 도구로 토막토막 잘랐다. 가족들도 독수리를 쫓던 나뭇가지를 내려놨다. 기다렸다는 듯이 독수리들이 쏜살같이 달려들었다. 순식간에 뼈만 남았다. 이 광경을 지켜보던 주관자가 이번에는 덤덤하게 뼈를 가루 냈다. 이마저도 독수리에게 던져줬다.

공포 영화의 한 장면 같지만, 티베트의 천장(天葬) 장례식 모습이다. 섬뜩해 보일 수도 있지만, 이면을 들여다보면 망자를 아끼는 그들의 속마음이 보인다.

티베트인은 조상이 하늘에 있다고 믿는다. 망자를 하늘로 올려주는 게 그 사람을 위하는 거라고 생각한다. 그래서 고인이 조금이라도 더 높이 올라갈 수 있도록 독수리에게 몸을 맡기는 거다.

누구에게나 하늘은 이름 모를 동경의 대상이자, 천국이다. 나도 땅에서의 삶이 고통스러울 때면 하늘을 휘-이 날고 싶었다. 가슴이 꽉 막혀서 숨을 쉴 수 없을 때는 일부러 하늘에 가까운, 높은 곳을 찾아가기도 했다. 옥상에 올라가기도 하고, 한밤에 동네 근처 야산에 올라간 적도 있다. 답답해서였다. 독수리만큼 높이 올라가진 못해도 내 발이 닿는 데까지는 하늘에 손을 뻗쳐보고 싶었다.

엄마 산소를 찾을 때도 같은 마음이었다. 공원 언덕에 있는 봉묘로 찾아가면 하늘과 좀 더 가까워지는 기분이 들어서 좋았다.

엄마에게 꼭 하고 싶은 말이 있어서 산소에 왔다. 가벼운 바람과 쾌청한 하늘이 줄지어 있는 연둣빛 봉묘들과 멋들어지게 어울렸다. 언덕 위쪽에 자리 잡은 엄마 산소로 한 걸음, 한 걸음 발길을 옮겼다. 백 미터도 채 안 되는 길인데 가파르게 경사진 탓에 제법 숨이 찼다.

봉묘에 다다른 후 숨을 고르려 고개를 들었다. 산소에서 하늘을 바라보고 있노라면 천국이 손에 닿을 것만 같았다. 파란 하늘과 울창한 두 개의 산이 삐뚤빼뚤 지평선을 이루었다. 하늘로 통하는 '톨 게이트' 같았다.

잠시 눈을 감고 바람을 쐬며 햇볕 사우나를 즐겼다. 지저귀는 새소리도 귀를 편안하게 해주었다. 하늘나라에 있는 엄마와 얼굴을 맞대었다.

산소에 올 때면 의식처럼 하는 행동이다. 그래서 오기 전에 날씨부터 꼼꼼하게 확인하고 왔다. 해가 뜨지 않는 날에는 성묘를 가지 않는 게 원칙이다. 기분 좋게 엄마와의 추억을 기리고 싶어서다. 비 오는 날에는 하늘도 바라볼 수 없으니깐.

단순히 정서적인 이유로 날씨가 좋은 날에 성묘 가는 건 아니다. 정신건강을 유지하기 위한 나만의 전략적인 판단이기도 하다.

✻ 힘들고 외로울 땐 햇볕 사우나가 최고

건강한 사람도 가을이나 겨울이 되면 일시적으로 우울증에 시달린다. 햇볕을 쬐는 시간이 줄어들고 기온이 낮아지면 뇌에서 분비되는 호르몬이나 화학물질이 변하기 때문이다. '가을 탄다'는 말은 과학적으로 상당히 근거가 있는 말이다. 이런 연유로 일조량이 짧은 북유럽 같은 경우, 다른 나라보다 계절성 우울증 환자가 더 많이 나타나기도 한다.

실제로 햇볕은 우울증 특효약이다. 의사도 계절성 우울증을 치료할 때 광선 치료를 해준다. 환자를 강한 광선에 노출하는 의료 행위다. 규칙적으로 강한 빛을 쏘아주면 생체 리듬을 회복하는 데 도움이 되기 때문이다.

하여튼 따뜻한 햇볕도 쬐고, 찬송가도 한 곡 부르면서 충분히 상태가 좋아진 것 같았다.

이제 할 일을 해야 한다. 용기 내어 옛 기억들을 하나씩 꺼내봤다. 엄마가 낯설게 느껴진 순간부터 보호병동에 입원한 날까지 죄다 펼쳐봤다. 장례식 이후로 참 많이 방황했다. 상실감에 몸부림쳤고, 내 안의 진정한 나를 바라보지 못하고 자꾸 외적인 데서 행복을 찾으려 했다.

어떤 징후인지는 확신할 순 없었지만, 분명한 건 내 정신건강에 문제가 생겼다는 거였다. 이제 결단을 내려야만 했다. 실은 결단이라고 할 것도 없다. 그냥 하면 되는 거다. 속마음을 꺼내기만 하면 된다. 어려운 일도 아니다.

흐음, 합리적으로만 사고하면 금방 결론이 날 일이었다. 하지만 문제는 이놈의 감정이었다.

아무리 생각해도 억울했다. 누구보다 철두철미하게 건강 관리를 잘해왔다고 자부해왔는데. 다른 사람의 도움을 받아야 한다니. 내가 도와줬던, 상담해줬던 지인들은 날 어떻게 볼까. 자기 몸 하나 관리 못 하면서 오지랖 떨고 다녔다고 생각하진 않을까. 나를 거짓말쟁이, 위선자로는 보지 않을까 두려웠다. 자존심도 상하고 무엇보다 이런 상황 자체가 속상했다.

엄마 문제로 상담 갔을 땐 그래도 효자인 척, 세상 착한 척이라도 할 수 있었다. 내 이야기도 아니니 객관적으로 말할 수 있었다. 그런데 막상 내 문제로 상담을 받으려니 이건 또 다른 문제였다. 바보 같은 놈.

엄밀히 말하면 문제도 아니었다. 딱히 치명적인 문제를 앓는 것도 아니었다. 그냥 증후가 보이는 것뿐이었다. 그리고 아직 병으로 확진을 받은 것도 아니지 않은가. 대체 뭘 망설이고 있는 걸까.

하지만 분명한 건 지금이 골든아워다. 이 시간을 놓쳐버리면 아무렇지도 않게 끝날 일이 드라마 같은 비

극으로 바뀌어 버릴 거다. 두 눈으로 똑똑히 보지 않았던가.

그리고 그동안 얼마나 많은 사람에게 병원에 부담 없이 가라고 말했던가. 아프면 병원 가는 게 당연하다고, 부끄러운 일도, 큰일도 아니라고. 상담 정도는 그냥 피로할 때 받는 마사지처럼 생각하라고 했는데. 이제 고통의 동맹자에게 내가 한 말들을 증명해 보여야만 한다.

아……, 근데 왜. 대체 왜. 겁이 나는 걸까.

'엄마! 나에게 용기를 좀 줘.'

IV
내 인생의 흑역사도
사랑해

Let it be!

실존 자체를 아름답게 뵈주는

시대에 태어나서 다행이다.

이젠 정형화된 아름다움만을 억지로 좇으며 살지 않아도 된다.

이제야 나도 외부가 아니라,

내 안에서 아름다움을 발견할 수 있게 됐다.

오글거리지만.

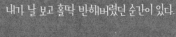

내가 날 보고 홀딱 반해버렸던 순간이 있다.

50분 상담에 10만 원

두 사내가 성난 눈빛으로 서로를 쏘아본다. 때려죽일 기세다. 많은 사람이 운동장에 모여 숨죽이며 이를 지켜봤다. 군중도 덩달아 흥분했다. 마치 자기 일인 것처럼 싸움에 몰입했다.

한 사내가 먼저 주먹을 날렸다. 상대방이 날렵하게 뒤로 물러났다. 잠시 탐색전을 펼치더니 이내 분을 못 참겠다는 듯이 다시 공격에 나섰다. 두 주먹으로 얼굴을 난잡하게 때려댔다. 상대방도 지지 않겠다는 듯이 주먹을 휘둘렀다. 모래 먼지가 땅에서 솟구쳤다. 서로 뒤엉킨 난타전이었다. 1분 정도가 지났을까, 씩씩거리는 두 사람 얼굴에 붉은 선혈이 낭자했다. 몇 번을 뒤엉키더니 이내 한 사내가 쓰러졌다. 쓰러진 사내가 짓밟히진 않을까, 보는 이들도 손에 땀을 쥐었다. 차라리 이종격투기 UFC가 더 안전해 보인다.

그런데 웬걸. 승자로 보이는 사내가 넘어진 사람을 부추겨 일으키더니 꼭 껴안아 줬다. 그러고선 맥주를 한 병 나눠 마시는 게 아닌가. 싸움을 지켜보던 이들도 즐겁게 웃고 떠들면서 축제는 절정으로 치달았다.

페루 남부 쿠스코에서 벌어진 '타카나쿠이(Takana-kuy)'란 축제에서 벌어진 싸움이었다. 매년 크리스마스 시즌에 열리는 이 행사는 한 해 동안 쌓인 묵은 앙금을 털어내고, 새해를 맞이하는 그들만의 의식이었다. 애정 관계, 재산 분쟁 등 다양한 갈등으로 억눌린 감정을 서로 풀어냈다.

사내들만 싸우는 게 아니었다. 싸움에는 남녀노소가 없었다. 아녀자들도 나와서 서로의 면상을 후려치며

싸웠다. 누구든지 싸움 상대를 지명해 불러낼 수 있었다. 보는 내내 속이 후련했다.

지난 일이 파노라마처럼 그려졌다. 엄마가 처음으로 이상하게 보였던 날, 장례식 치르던 날, 퇴사상담 하던 날, 그리고 내 안의 아이와 직면한 날……, 많은 일이 있었다.

'그때 그 순간, 난 왜 저렇게 싸우지 못했을까.'

엄마 손을 붙잡고 친척들을 찾아가 머리끄덩이를 잡고 싸우고, 울고불고했으면 어땠을까. 봉사 활동을 하는 순간 내 속생각을 다 털어놨으면 어떻게 됐을까. 퇴사 직전이 아니라 부서 배치를 받았을 때 다른 부서에서 일할 수 없는지 까놓고 얘기했으면 뭐가 달라졌을까.

후회해도 소용없다. 고개를 절레절레 흔들었다. 물렀거라, 잡놈의 생각아!

바보 같은 짓도 많이 했지만, 그래도 잘해온 일도 많았다. 지난날이 100% 만족스럽지는 않지만, 그래도 여기까지 오지 않았는가. 이것만으로도 충분하다. 무엇보다 지금 이렇게 숨 쉬고 있지 않은가. 잠시 멈춰서기도 했고 퇴보하기도 했지만, 나는 분명 1년 전보다, 10년 전보다 0.1cm만큼이라도 성장했다. 종종걸음으로 천리를 왔다. 자책하지 말자.

끝을 알 수 없다고 멈춰있는 게 답은 아니다. 다시 발걸음을 내디뎌야 한다.

정신을 차리고 컴퓨터 앞에 앉았다. 이제 나 자신에게, 엄마에게 약속한 말을 지켜야 한다.

아자, 아자, 파이팅!

✳ '네' 문제랑 '내' 문제는 전혀 달라

벌써 20년이 지났다. 내가 자란 만큼 우리 사회도 진일보했다.

용어부터 많이 달라졌다. 정신건강 질환과 관련된 용어가 완벽하진 않아도 이젠 제법 현실을 잘 반영한다. 예전에는 정신질환을 앓고 있는 사람들 모두를 통쳐서 '정신병자'로 취급했다. 우울증 환자나 사이코패스나 똑같은 정신병자였다. 그런데 요즘은 의료 정보가 민주화되면서 대중도 공황장애, 우울증, 강박 등 다양한 질환의 형태를 이해하게 됐다.

무엇보다 이상한 사람이 아니라 건강 문제로 바라보게 되어 천만다행이다. 옛날에는 짤 없이 '정신과'로 불렸는데, 이제는 '정신건강의학과'로 개명됐다. 어감도 부드러워졌고 정신도 건강하려면 의학의 도움을 받아야 한다는 메시지도 자연스럽게 전달된다.

정신분열병도 조현병으로 이름이 바뀌었다. 정신이 분열되어 어려움을 겪는 환자를 조율되지 않은 현악기에 비유한 거다. '조현(調絃)'이란 사전적인 의미로 현악기의 줄을 고른다는 뜻이다. 조율만 하면 악기가 다시 아름다운 소리를 내는 것처럼, 조현병 환자도 회복될 수 있음을 강조하는 말이다.

사회 분위기도 많이 변했다. 일등공신은 연예인이

다. 그들이 숨겨진 사생활을 털어놓으면서부터 정신질환을 바라보는 시각이 달라졌다. 예전에는 '공황장애'라고 하면 많은 이가 그게 무슨 병인지조차 몰랐다. 하지만 지금은 거의 전 국민이 다 안다. 별로 흉을 보지도 않는다.

대중교통만 타도 시대가 변한 걸 느낀다. 어쩌다 틱장애가 있는 승객이 타도 사람들이 별 반응을 보이지 않는다. 고개를 까닥까닥하고, 같은 말을 반복하거나 욕을 해도 그러려니 한다. 그들이 장애를 가지고 있다는 걸 알기 때문이다. 큰 변화다. 이십 년 전만 해도 바로 싸움 났다. 욕을 한다고. 미쳤다고.

그런데도 막상 내가 알아보려고 하니 두려움이 앞섰다. '네' 문제랑 '내' 문제는 전혀 달랐다. 그래도 용기를 내야 했다. 하늘에 계신 엄마에게 약속까지 하고 오지 않았는가.

조심스럽게 정신건강의학 분야를 검색했다. 예전에는 도서관에 가야지 겨우 찾아볼 수 있었는데, 인터넷에 정보들이 잘 정리돼 있었다. 먼저 가격부터 알아봤다. 50분 상담에 8만 원에서 10만 원 정도 수준이었다.

순간 욕이 나왔다. 생각보다 비쌌다. 좋아졌다고 한들, 상담의 벽은 여전히 진입장벽이 높았다. 1회 상담을 받는 걸로는 어림도 없다. 상담자가 나에 대해서 올바르게 파악하려면 최소 3~4번은 만나야 한다. 그리고 심층 면담에 들어가면 더 자주 봐야 할 거다. 비용 부담이 만만치 않았다.

검진비용은 상담비용과는 또 별도였다. 최소한의 기본 검사는 5만 원 안팎으로 받을 수 있지만, 4~5시간이 소요되는 종합심리평가는 수십만 원을 지급해야 했다.

비용이 부담스러워 잠깐 국가에서 운영하는 정신건강복지센터를 이용해볼까도 생각해봤다. 잠시 망설이다, 마음을 고쳐먹었다. 이곳은 나보다 경제적으로 더 어려운 사람이 방문해야 하는 곳이다. 그래도 난 상담비 정도는 낼 수 있을 만큼 경제력이 있었다.

예산에 관한 생각을 정리하고, 선생님을 골랐다. 무

엇보다 사람이 제일 중요했다.

전문상담사 학력부터 경력까지 꼼꼼하게 조사했다. 심리학을 전공한 사람도 있었고, 상담학을 전공한 사람도 있었다. 상담사가 발표한 논문도 읽어봤다. 찾는 것도 그리 어렵지 않았다. 능력의 정도를 판별하기 위한 목적도 있었지만, 그보단 나를 상담하기에 적합한 사람인지가 궁금해서였다.

청소년이나 범죄자의 심리상태를 주로 연구한 사람한테 굳이 상담받고 싶진 않았다. 나와 맞지는 않기 때문이다. 내 문제, 예를 들면 가족력 등에 대해서 보다 전문적인 견해를 들려줄 수 있는 사람을 만나고 싶었다.

자기를 가장 잘 아는 사람

상담 장소로 찾아갔다. 집이나 사무실에서 비교적 멀리 있는 곳에 예약했다. 눈에 띄고 싶지 않았다.

상담실 문을 열고 의자에 앉았다. 손이 닿을 법한 위치에 크리넥스 티슈가 놓여 있었다. 상담을 받으러 온 사람을 위한 배려인 것 같았다. 갑자기 눈물이 터져 나올 수도 있으니 상담자 가까이에 놔둔 듯했다. 꽉 티슈 옆으론 두꺼운 책들과 화려한 공로패가 숨 쉴 틈 없이 책장에 진열돼 있었다. 여기에 공부하러 온 것도 아니고, 상담자가 얼마나 잘난 인간인지 취재 온 것도 아니었는데 부담스러웠다. 좀 치워놓지.

"일단 전 가족력이 있어요."

불편한 마음을 뒤로하고 말부터 꺼냈다. 앉자마자 곧바로 본론으로 들어갔다. 이유인즉, 한가히 대화를 나누러 온 게 아니었다. 상담 시간도 비싼 만큼 시간을 최대한 아껴 쓰고 싶었다. 선생님은 당황스러워했지만 개의치 않고 말을 이어나갔다.

"무의식에서의 기억을 제외하고, 트라우마처럼 남아 있는 사건은……."

그간 내가 겪었던 어려움을 덤덤하게 개략적으로 말씀 드린 후, 엄마 장례식에서 경험한 에피소드로 넘어갔다.

그러자 선생님은 나 같은 사람이 처음이라며 놀라워했다. 농담이었겠지만 상담사로 활동해도 되겠단 말도 해줬다. 분위기를 좋게 만들기 위해서 한 말이란 건 나도 안다. 그런데 이 한마디로 끝난 게 아니었다.

계속 중간중간 내 말을 잘랐다. 본인도 조바심이 난

듯 하나씩 천천히 어린 시절부터 짚어보자고 했다.

불편했다. 생각 없이 다다다- 쏟아낸 게 아니었다. 내 인생에서 충격적이고 어려웠던 사건들을 중요도 순으로 일목요연하게 정리해서 말한 거였다. 오랜 시간 동안 정리한 생각이었고, 중언부언하지 않으려고 적어서까지 갔다. 전문가는 아니었지만, 충분히 숙고한 만큼 체계적으로 내 상태를 전달했다.

그런데 처음부터 다시 짚어보자니.

이런저런 얘기를 하다 보니, 20분 정도밖에 시간이 남지 않았다. 마음이 급해졌다. 상담 당일 내가 원했던 건 전반적인 상황만 대략 설명한 후, 장례식 경험부터 얘기하는 거였다. 수많은 사건 중 엄마 장례식 에피소드를 먼저 정리해갔던 건 다 이유가 있어서였다. 내 인생의 변곡점이기도 했고, 여기서부터 대화를 시작하면 과거와 현재로 자연스럽게 오갈 수 있었기 때문이다.

선생님도 불편했는지, 자신을 믿고 천천히 따라와달라고 당부했다.

대화를 하는 둥 마는 둥 하다가 그냥 나와버렸다. 짜증이 났다. 상담은 환불도 안 되는데. 시간 낭비, 돈 낭비만 했다.

✳ 의사는 돕는 자이지, 결정하는 자가 아니다

전자제품 하나를 사도 여러 곳에서 꼼꼼하게 비교해보고 산다. 전자파 등 건강에 해로운 물질이 없는지 분석도 해보고, 가격 대비 성능도 따져본다. 제품을 결정하면 어디서 살지도 상세히 알아본다. 어디가 더 싼지, 어느 가게가 더 친절한지 충분히 비교해본 후에서야 지갑을 연다.

제품에 하자가 있거나 점원이 불친절하게 대하면 언성을 높여 항의한다. 판매사원이 함부로 거짓말도 못하는 세상이다. 인터넷에 치면 다 나온다. 고객을 호구로 보고 '뻥카'를 날렸다간 욕먹을 각오를 해야 한다.

판매자와 대등한 정보력을 가지고 있는 고객을 상대로 허튼 소리했다간 신뢰를 잃기 쉽다.

그런데 유독 병원만 가면 모두 약속이라도 한 것처럼 조용해진다. 고분고분 의사 '선생님'께 머리를 조아린다. 질문도 안 하고 '컴플레인'도 안 건다. 이상하지 않은가. 의료도 서비스다. 돈을 내고 치료를 받는 고객이 왕이어야 한다.

물론 의사나 전문가가 완벽하게 독자적으로 판단해야 하는 순간이 있다. 죽기 일보 직전이다. 응급 상태이거나 중증 상태의 질병이 발견된 경우라면 전문가의 인도를 받는 것이 바람직하다. 이땐 전문가를 신뢰해야만 한다. 그들 손에 목숨이 달렸기 때문이다.

하지만 어떤 질병이든 초기 단계이거나 환자가 선택할 수 있는 여러 옵션이 있다면 환자의 생각과 선택도 충분히 존중받아야 한다. 의사는 돕는 자이지, 결정하는 자가 아니다.

궁금한 건 당연히 물어볼 수 있어야 한다. 말도 안

되는 서비스 태도를 보여주면 항의도 해야 한다. 여차하면 의사나 병원도 바꿔야 한다.

의사라고 모두 명의가 아니다. 의사도 사람인 만큼 진료 수준이 낮거나 인격적으로 결함이 있기도 하다. 멀쩡한 곳을 아픈 것처럼 과장해 과잉 진료를 하는 의사도 있고, 전문적인 지식을 쌓지도 않은 분야에서 의료 행위를 하는 의사도 있다.

사명감으로 병원 현장에서 전투에 임하고 있는 의사까지 깎아내리려는 게 아니다. 어느 집단이나 그렇듯 의사 역시 대체로 선량하다. 믿고 신뢰할 만하다.

내가 하고 싶은 주장은 의사를 '신격화'해서 바라보면 안 된다는 거다. 의사도 실수할 수 있고, 의사라고 모두 진실만을 얘기하는 것도 아닌 만큼 비판적 사고를 견지해야 한다는 거다. 신뢰를 바탕으로 하되, 진료 행위도 합리적으로 따져봐야 한다. 다른 물건 살 때처럼 말이다.

제일 비싸고 소중한 몸을 고치는데, 어떻게 병원이

나 의사에 대한 평판도 안 알아보고 질문 한 번 안 해보고 내 몸을 불쑥 맡겨버리는가. 물건 살 때 묻지도 따지지도 않고 불쑥 돈을 지급해버리는 경우를 난 여태껏 단 한 번도 본 적이 없다.

『Cancer for Christmas』를 저술한 케이시(Casey Quin-lan)는 이러한 환자 태도를 예리하게 지적했다. 그녀는 병원이나 의사에게만 지나치게 의존하는 태도를 경계해야 한다고 주장하는 '환자 권리 찾기' 운동가이다. 환자가 건강에 대해 오너십(ownership)을 가져야 한다고 목소리를 높인다.

말로만 그치지 않고 직접 행동으로도 보여주고 있다. 가슴에 손바닥만 한 QR코드를 새겼다. 그녀의 개인 홈페이지로 연결되는 코드다. 스마트폰으로 찍기만 하면 누구나 쉽게 접근할 수 있다. 홈페이지에는 자신의 의료 정보가 총 망라돼있다. 과거에 앓아왔던 질병과 투병 기록들이 상세하게 적혀 있다. 환자로서 주도권을 잃지 않기 위한 노력이다. 이 정도 정보를 구축하고 알고 있는 환자한테 어떤 의사가 과잉 진료를 할 수 있겠는가. 의사도 더 신경 써서 볼 수밖에 없다. 누적된 정보를 바탕으로 진료하다 보니, 오진 확률도 덩달아 낮아진다.

QR코드까진 아니더라도 질문 정도는 얼마든지 해도 괜찮다.

MBTI 검사 결과가
변하다

그래도 다음번에 고른 선생님은 맘에 들었다. 무엇
보다 얘기를 충분히 들어줘서 좋았다. 이전의 선생님은
'경청'이라는 가장 기본적인 원칙을 안 지켰다. 깔린 게
상담 기관인데, 이왕이면 실력 있고 나랑 궁합이 잘 맞
는 사람을 만나고 싶었다.

이번 선생님은 내 스타일을 존중해줬다. 정형화된
자기 방식을 고집하지 않았다. 내가 말하는 일화들을
중심으로 상담을 해주셨다. 그래, 이래야지! 기억을 끌
어내는 과정이 꼭 시간과 중요도 순일 필요는 없다. 순

서만 달라질 뿐이지, 대화가 잘 통하는 사람과는 결국에는 모든 이야기를 다 나누게 돼 있다.

MBTI 검사도 추가로 부탁드렸다. 사실, 할 필요 없었다. 효과가 없어서가 아니라, 더 자세한 종합심리검사를 받았기 때문이다. 하지만 다시 해보고 싶었다. 오래전에 받았던 거랑 비교해보고 싶어서였다. 선생님은 흔쾌히 그러라고 했다. 해서 나쁠 건 없다고 했다. 웃으면서 자신을 알기 위해 노력하는 건 좋은 태도라고 했다. 친구처럼 부담 없이 대해줘서 좋았다. 깨지기 쉬운 도자기처럼 취급받는 건 별로였는데. 엄지 척! 별 다섯 개다.

MBTI는 성격 유형을 측정하는 검사다. 융(Jung)의 성격 유형 이론을 근거로 제작된 이 검사는 인간을 네 가지 척도로 이해하려 한다. E(외향)-I(내향), S(감각)-N(직관), T(사고)-F(감정), J(판단)-P(인식) 중 개인이 선호하는 네 가지 지표를 뽑아낸다. 예를 들면 ESTJ, INFP 등의 형태다. 이렇게 개개인의 성격 유형을 총 16가지로 구분한다.

각각의 유형을 스파크형, 소금형 등 별도의 이름을 붙여서 설명하기도 한다. 그런데 개인적으로 성격 유형을 상징적인 이름으로 정의하는 건 '비추'다. 왜냐하면 'ENFP'를 '스파크형'으로 부르는 순간, 하나의 이미지만 머릿속에 떠오르기 때문이다. 애초에 이 심리검사를 통해 살펴보고자 했던 4가지 특성 'E', 'N', 'F', 'P'를 균형 있게 못 볼 수도 있다.

[4가지 선호 경향]

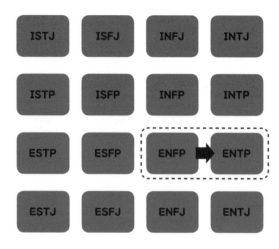

[16가지 성격유형]

ISTJ	ISFJ	INFJ	INTJ
ISTP	ISFP	INFP	INTP
ESTP	ESFP	ENFP ➡ ENTP	
ESTJ	ESFJ	ENFJ	ENTJ

✳ MBTI는 나를 알아가는 여러 가지 방법의 하나

　여하튼 재미로라도 MBTI 검사를 해보면 자신을 이해하는 데 큰 도움이 된다. 혹자는 전 인구를 16개 유형으로 나눌 수 없다며 태생적으로 한계가 있는 분석이라고 비판하기도 한다. 당연하다. 맞는 얘기다. 사람이 전부 다른데, 어떻게 겨우 16개 유형으로만 분류하겠는가. 인간의 심리 상태를 분석하면 세계 인구수만큼, 그러니깐 76억 개 성격 유형이 나오는 게 정확한 분석일 거다. 하지만 현재로선 불가능하다.

그리고 완벽하지 못하다고 해서 의미가 없는 것도 아니다. 길 잃은 정글에서 나침반이 있는 것과 없는 건, 천지 차이다. 최첨단 내비게이션이 있으면 좋겠지만, 없으면 나침반이라도 활용해서 목적지를 찾아가야 한다. MBTI는 나를 알아가는 여러 가지 방법의 하나다.

입사 후 몇 가지 심리검사를 받을 때 이 테스트를 해봤다. 인사팀은 검사 결과를 직원들의 적성이나 성향을 파악하는 데 활용했다. 직무나 부서 배치에 참고했다.

검사 결과, 난 ENFP였다. 동기 중에서 나만 유일하게 ENFP였다. 심리검사를 진행했던 강사가 이 유형은 창의적인 일에는 강하지만, 일상적인 일들을 계속 수행하는 데는 취약하다고 했다. 농담 반, 진담 반으로 한국 회사에서는 꺼리는 인재 유형이라고 했다. 아니나

다를까, 교육을 담당했던 인사팀 선배도 씨-익 웃으면서 회사 생활 힘들겠다고 놀려댔다.

그때 이후로 8년이 지났고, 다시 받아본 검사였다. 그런데 결과가 흥미로웠다. ENTP로 변해 있었다. 원래 이런 검사는 결과가 조금씩 변한다. 자신이 맡은 역할이나 상황에 따라 성격이 변하기 때문이다. 나 같은 경우는 F가 T로 바뀌었다. 사회생활을 시작하고, 사업이란 걸 하면서 감정보다는 논리적으로 사고하는 습관이 강해졌던 것 같다.

역시 해보길 잘했다. MBTI 검사 결과 덕분에 직장생활에서 내가 힘들었던 경험도 자연스럽게 털어놓을 수 있었다. 선생님은 다음에는 가족관계나 사회생활 말고, 다른 친구 이야기를 들려달라면서 대화를 마쳤다.

인간은 좀처럼
생각하지 않는 존재

군대 있을 때였다. 신병 한 명이 들어왔다. 이목구비
도 뚜렷하고 어깨도 튼튼했다. 성격도 싹싹하고 아주
예의 바른 후임이었다. 다른 부대원보다 더 정이 갔다.
매점에 가서 냉동 만두도 자주 사주고, 속 깊은 대화도
많이 나눴다.

서로에 대해 알아가던 중, 안타까운 과거를 듣게 됐
다. 고등학교 때까지 야구 선수로 뛰다가 다쳐서 운동
을 그만뒀다는 거였다. 선수로서 꿈이 컸던 만큼 좌절
감도 컸다고 했다. 어쩌다 자기와 함께 운동했던 친구

들을 스포츠 TV 중계에서 보기라도 하면 괴롭다고 했다. 야구선수로서 꿈도 망가졌고, 제대 이후 앞길도 막막하다고 했다. 무언가를 새로 시작해야 했지만, 운동만 하느라 그동안 기초적인 공부도 제대로 못 해서 답답하다고 했다.

나도 비슷한 처지였다. 제대 후에 다시 수능을 봐야 했다. 명문대에 들어가 성장하는 동창들을 보면서 나만 뒤처지는 거 아닌가 하는 불안에 떨었다. 동질감이 느껴졌다. 돕고 싶은 마음에 공부를 가르쳐보기로 했다. 내가 뭐 대단한 사람은 아니었지만, 그래도 후임보단 공부를 잘했다.

휴가를 다녀오면서 '리딩 튜터'라는 영어 교재부터 한 권 사 왔다. 중학생 레벨에서 쉬워 보이는 책을 골라 왔다. 각오는 했지만, 막상 과외를 해보니 생각했던 것보다 학습 수준이 더 떨어졌다. '천 리 길도 한 걸음부터'라고 우리는 쉬는 시간 틈틈이 기초적인 문법부터 차근차근 공부해나갔다.

때론 문자 그대로 밤을 새워서 공부했다. 24시간 학습했다는 의미가 아니다. 군대는 훈련을 하는 곳이다. 절대적으로 공부할 시간이 부족하다. 누구에게도 방해받지 않는 취침 시간만큼 집중하기 좋은 시간이 없었다. 내가 당직근무를 설 때 후임을 깨워서 공부시켰다. 게다가 행정실에는 책을 펼칠 책상도, 어두움을 밝혀줄 전등까지 있었다. 우리에게 최적의 장소였다. 깨운 나나 일어난 그 녀석이나. 우린 독하게 공부했다.

군대를 제대한 이후에도 틈틈이 만나서 공부에 대한 어려움을 나눴다. 난 운 좋게도 제대 후 한 번에 합격했지만, 그 친구는 아니었다. 다른 방법을 같이 찾아야만 했다. 아무리 열심히 한다고 한들 중고등학교 6년의 공백을 메우는 건 쉽지 않아 보였다.

고심 끝에 미국 유학을 가보자고 결론을 내렸다. 수능시험이라는 하나의 잣대로 평가받는 한국보다 다양한 기준으로 평가받는 미국에서 오히려 기회를 찾을 수 있을 것 같아서였다.

그 친구는 다시 유학을 준비했다. 그리고 끈기 있게 3년을 공부했다. 틈틈이 독서실 아르바이트도 하면서 포기하지 않고 열심히 했다.

그런데 웬걸. 진짜 해냈다. 3문장만 넘어가면 해석도 제대로 못 했던 녀석이 어엿한 미국 대학생이 되었다. 그것도 골치 꽤나 썩는다는 회계학과에 입학했다.

학업을 마친 후에는 귀국해 KBO(한국야구위원회)에 입사했다. 사무처 직원 중 선수 출신은 그가 처음이었다고 한다. 멋지지 않은가.

저녁 식사 자리에서 만나 옛일을 떠올릴 때면 서로 뿌듯했다. 나 역시도 늦깎이 대학생이었기에 동생 맘을 잘 알았고, 동생도 날 믿어줬다. 동생에게 모범을 보이고 싶은 마음에 나도 있는 힘을 다해 공부했다. 우린 어려운 시간을 함께 견뎌낸 고통의 동맹자였고, 함께 미래를 꿈꾼 동지였다.

가족과 연인 관계를 제외하고, 내 인생에서 가장 보람된 인간관계 중 하나였다.

그런데 잊고 있었다. 까맣게.

선생님이 "가족 말고 다른 이야기를 해주세요"라고 묻지 않았다면, 그 친구에 대해서 생각해보지 못했을 거다.

✱ 매일 봐도 보지 못하는 것들

일기장에는 나와 가족 이야기만 적혀 있었다. 다른 사람과의 관계에 대한 기록 자체가 절대적으로 부족했다. 거의 전무했다.

그러고 보니 내 삶에도 은인이 많이 있었다. 나를 자식처럼 아껴줬던 누이, 뭐 하나 제대로 챙겨주지도 못했는데 날 형으로 존경해줬던 군대 후배, 회사에 오래 다닐 수 있게 도와주려고 했던 직장 선배까지 많은 사람이 내 주변에 있었다. 좋은 관계를 유지할 수만 있다면 내 행복을 배가시켜줄 수 있는 관계였다.

그런데 보질 못하고 있었다. 계속 엄마와 나만 바라

보면서 균형 감각을 잃고 있었던 거였다.

제법 깨어있다고 자부했는데. 여전히 내가 만든 감옥에 살고 있었다. 상담 선생님이 다른 관계를 생각해오라고 숙제를 주지 않았다면 계속 가족관계에만 골몰했을 거다.

새로운 관점이 강제되면서 생각의 물꼬가 터졌다.

일찍이 프랑스 현대철학자 질 들뢰즈는 이러한 점을 강조했다. 당시만 해도 철학자 대부분은 인간이 생각하는 것을 좋아한다고 전제하고 있었다. 하지만 그의 생각은 달랐다. 인간이 좀처럼 생각하지 않는 존재라는 거였다. 어쩔 수 없이 강제된 상황에서 충격을 받아야만 비로소 생각한다는 거였다.

그의 말처럼 선생님이 생각을 강제하지 않았다면 나도 새로운 사유를 시작하지 못했을 거다.

강철 같은 생각의 틀을 계속 부수어 왔다고 나름 자부해왔다. 철학서를 시작으로 생각 좀 한다는 작가들책이면 모조리 사서 읽었다. 대학교에서도 전공 수업보다 다른 전공 수업을 더 많이 들었던 나다. 신학, 사회학 심지어 건축 수업까지 들었다. 고정관념과 편견을 넘어서고 싶어서였다.

공부만 한 것도 아니었다. 생각하는 힘을 키울 수 있다면 별의별 것을 다했다. 인도네시아로 날아가서 숟가락을 사용하지 않고 오른손으로만 밥도 먹어 봤고, 가락시장에서 새벽 '노가다'를 자처하기도 했다.

그런데도 여전히 동맥경화를 일으킨 생각들이 있었다.

그렇게 오랜 시간 동안 내 곁을 지켜준 인간관계를 생각 못 하고 있었다니. 유령도 아니고, 환상도 아니고, 손에 닿을 수 있는 실물로 내 눈앞에 항상 있었는데도 말이다.

조금 우울해도 괜찮아

몇 번 안 되는 상담이었지만, 의미 있는 여정이었다. 결론은 건강하다는 거였다. 감정선이 섬세하지만, 내가 올바로 '인지'하는 만큼 크게 걱정 안 해도 된다고 했다. 무엇보다 타인에게 속 이야기를 털어놓기 시작한 만큼 더 건강해질 거라고 격려해주셨다.

돈은 전혀 아깝지 않았다. 예방주사 한 대 잘 챙겨 맞은 거로 생각했다. 큰 문제가 없단 걸 알게 된 사실만으로도 기뻤다. 이제 정신이 으슬으슬해지면 언제든지 찾아가면 된다. 원래 처음이 어려운 법이다.

내가 새롭게 보였다. 나를 노출할 용기도 생겼다.

자연스럽게 사람을 대하는 방식도, 일하는 방식도 달라졌다.

강의할 때 모습도 변했다. '청년수산' 대표로 일하던 시절, 창업 강의를 종종 다녔다. 명문대 출신이 수산업에서 일하는 게 신기했던지 여기저기서 강의 섭외가 자주 들어오곤 했다. '실행력'이란 주제로 강의를 하기도 했고, 어떻게 창업을 해야 하는지 방법론에 관한 강의를 하기도 했다.

검색해보면 재밌을 거다. 네이버 검색창에 '청년수산 문성철'이라고 치면 바로 나온다. 얼마나 따분하게 강의했는지, 얼마나 위선을 떨고 있었는지 살펴볼 수 있을 거다. 이놈의 인터넷 세상. 흑역사를 지울 방법도 없다.

그래도 이젠 당당히 말할 수 있다. 흑역사도 내 역사이니깐.

다시 강연 얘기로 돌아와서, 내가 강연자로 나서는 교육장에 있는 청중은 십중팔구 어쩔 수 없이 앉아있는 사람들이다. 회사에서 의무 교육으로 편성하는 바람에 참석했거나 자리 채우려고 강제로 동원된 경우다. 이런 관객 앞에 서면 부담감 100배다. 강의를 듣고자 하는 의지가 충만한 사람도 잠드는 게 수업시간이다. 하물며 의지가 없는 사람을 대상으로 하는 강의는 무조건 재밌어야 한다. 조금이라도 의미가 없거나 즐겁지 않으면 즉시 외면당한다.

처음에는 사업 방법론을 주제로 수업을 많이 했다. 그런데 난 모든 사람이 권위를 인정할 만큼 크게 성공한 사람이 아니었다. 그저 패기 넘치는 젊은 사업가였을 뿐이다. 어쩔 수 없이 크게 성공한 CEO의 에피소드를 끌어왔다. 사람들의 이목을 집중시키기 위해서였다.

교훈이 있다고 생각했는지 아주 드물게 강의 내용을 적어가는 사람도 있었다. 하지만 청중 대다수는 싸늘했다. 강의가 끝나면 쏜살같이 나가버렸다. 실패한 강의였다.

재밌는 강의는 끝나면 여운이 남는 법이다. 관중들

이 강의가 끝나길 기다렸다가 와서 '정말 좋았다'라고 인사를 하기도 하고, 궁금했던 질문도 하곤 한다. 이런 움직임이 없었다면 그저 그런 뻔한 강의였다는 뜻이다.

패배를 인정할 수밖에 없는 게 누가 봐도 상투적인 성공 신화였다. 옛날, 옛날에 어렵게 살던 사람이 있었는데 노력해서 CEO로 성공했다는 이야기였다. 그분들의 성공이 의미가 없다는 게 아니라, 많이 듣다 보니 내성이 생겨서 재미없다고 느끼는 거였다.

무엇보다 내 이야기가 아니었다. 생동감이 떨어졌다.

✱ 일찍 아파하고 실패해 봐야 앞으로 나아갈 수 있어

그러던 어느 날이었다. 강의 시간에 딴소리를 해봤다. 진짜 내 이야기 말이다. 용기 내어 나를 노출했다.

"제가 25살에 대학 들어갔어요. 그것도 문 닫고 간신히 들어갔어요. 추가합격으로요. 횟수로만 따지면 6수

예요."

"사업하다가 작가 되겠다고 하니깐 다들 미쳤다고 하더라고요. 뭣 하러 배고픈 길 가냐고요. 멀쩡하게 사업하고 있었거든요."

청중석에서 웃음소리가 들려왔다. 그리고 내 인생이 흥미롭다는 듯이 집중했다. 늦깎이 대학생 스토리도, 경영학과 출신의 비즈니스맨이 작가로 변신한 일화도 신기하다는 듯이 쳐다봤다.

강의가 끝나면 자리를 떠나지 않고 남는 사람들이 하나둘 생겨났다. 하나같이 내 경험을 좀 더 자세하게 듣고 싶어 했다. 재수하고 있는 수험생을 둔 학부모이기도 했고, 직장인인데 작가를 꿈꾸는 사람도 있었다.

지난날의 상처와 고군분투가 인생 이야기가 되었다.

이야기는 기본적으로 인물과 갈등으로 구성된다. 인물이 갈등을 해결해나가는 과정이 스토리다. 흥미로운 인물이 등장하고 이어서 갈등이 시작된다. 우울증처럼 내적 갈등일 수도 있고, 싸움이나 전쟁처럼 외적 갈등일 수도 있다. 주인공에 감정 이입된 독자는 인물과 함께 고난을 돌파해나간다. 주인공이 좌절하면 같이 속상해하고, 갈등을 해결해내면 함께 기뻐한다. 사람들이 책을 읽고 드라마와 영화를 보는 이유다.

그런데 갈등 구조가 단순하면 별로 재미가 없다.

갈등이 치열할수록, 위기가 인물을 삼켜버릴 만큼 강력해야 훨씬 재밌다. 사람들을 들었다 났다 하면서 마지막까지 사건 사고가 끊이지 않아야 한다.

그렇다고 갈등 자체가 꼭 커야만 한다는 의미는 아니다. 악당과의 전쟁 때문에 인류 전체가 위험에 빠지지 않아도 괜찮다. 작지만 의미 있는 시련도 훌륭한 스토리가 될 수 있다. 절연했던 연인에게 몇 년 만에 용기 내어 찾아가는 얘기도, 인턴사원이 갖은 노력 끝에 정규직으로 전환되는 얘기도 모두 흥미로운 스토리가 될 수 있다.

중요한 건 인물이 겪은 갈등의 크기가 아니라, 얼마나 '고군분투'하며 갈등을 이겨냈는지다. 힘들었던 일화가 많을수록, 흘린 눈물이 흥건할수록 이야기는 맛깔나게 농익는다.

내 강의가 빛을 보기 시작한 건 나의 처절한 실패들을 풀어냈기 때문이다. 아등바등하며 여기까지 온 모습에 사람들이 공감을 '꾸-욱' 눌러준 거다.

있는 그대로의 자신을
받아들이는 순간

인간의 감각은 객관적이면서 동시에 주관적이다. 쑥처럼 쓴맛 채소를 먹을 때 느끼는 미각은 객관적인 감각이다. 반면에 인생이 쓰다고 말하는 건 주관적인 감각이다. 힘들었던 인생 사건을 주관적으로 쓴맛에 비유한 거다.

사건 또는 사물 자체는 객관적이지만, 이를 어떻게 바라볼지는 주관적인 선택의 문제다. 선생님에게 엉덩이를 맞았던 경험을 사랑의 매로 기억할지, 학교 폭력으로 생각할지는 각자 판단에 달려 있다. 애정 어린 훈계로 판단한다면 학창시절의 '아름다운' 추억으로 회고할 거고, 개념 없는 선생의 학교 폭력이라고 생각한다면 '불쾌한' 기억이 될 거다.

아름다움을 느끼는 것도 같은 원리다. 눈에 쌍꺼풀이 있다고 인지하는 건 객관적인 시각이고, 이것을 예쁘다고 느낄지, 예쁘지 않다고 느낄지는 개개인이 주관적으로 판단한다. 어떤 이는 쌍꺼풀이 있는 눈을 아름답다고 생각할 거고, 다른 이는 쌍꺼풀이 없는 눈이 매력적이라고 생각할 거다.

난 개인적으로 '리얼리티'가 가장 아름답다고 느낀다. 논픽션(nonfiction) 작가가 된 이유도 실화만큼 재미있고 교훈이 넘치는 스토리는 없다고 생각해서였다. 이런 성향상 방송도 다큐멘터리만 본다.

노르웨이 '슬로 TV'는 단연 압권이다. 다시 한번 말하지만, 지극히 주관적인 판단이다. 어떤 사람들은 전혀 재미를 못 느낄 수도 있다. 실제로 이 프로그램을 본 사람은 날 이상하게 쳐다보기도 한다. 뭐 어때. 뭘 보든 무슨 상관이야.

노르웨이 공영방송은 2009년 어느 날, 남부 해안 도시 베르겐에서 수도 오슬로로 가는 기차 맨 앞에 방송용 카메라를 매달았다. 이 카메라는 약 7시간 동안 창밖 풍경을 있는 그대로 찍기만 했다. 극적인 장치는 아무것도 없었다. 끝없이 이어지는 눈 덮인 풍경만이 화면에 찍혔다. 어두운 터널 속으로 들어가면 영상도 어둠으로 뒤덮였다. 열차가 멈추면 화면도 멈췄다. TV를 보고 있으면 마치 기차를 타고 있는 것 같았다. 그게 끝이다.

이 영상이 '베르겐 기차 여행'이란 제목으로 TV에 방영됐다. 방송이 되겠느냐는 우려도 컸지만, 프로그램이 끝난 뒤 여운은 컸다. 이를 계기로 이른바 '슬로TV'라는 새로운 장르가 만들어졌다.

정점은 크루즈 방송이었다. 노르웨이 해안선을 거슬러 올라가는 이 방송은 생방송 시간만 무려 134시간이었다. 며칠 밤낮 동안 연속으로 중계됐다. 덕분에 제일 긴 생방송으로 기네스북에 오르기도 했다. 카메라는 쉬지 않고 크루즈에서 바라본 육지 모습을 내보냈다. 광고 하나 없었다. 다큐멘터리에서 흔하게 볼 수 있는 성우 해설도 없었다. 사회자도, 성우도, 심지어 프로그램을 기획한 PD까지도 방송에 대해서 아무 말도 하지 않았다. 기획 의도 같은 게 애초에 없었다.

그런데 놀랍게도 이 방송이 시청률 48%를 기록했다. 노르웨이 인구 절반이 시청한 거다.

시청자는 어떤 때는 10분 동안 소가 풀을 뜯어 먹는 장면만 봤다. 정지된 것처럼 보이는 화면에서 각자 서로 다른 것을 바라봤다. 누군가의 도움 없이 자기 스스로 볼 것을 찾아내며 자신만의 즐거움을 만끽했다.

아름다운 풍경이 주는 휴식도 매력이었지만, 무엇보다 시민들이 열광했던 이유는 이 방송이 '리얼리티'를 보여주었기 때문이다. 가공되지 않은, 꾸며지지 않은, 있는 그대로의 세상 모습에 감동받았다.

✱ 실제로 존재하는 내 모습이
그 무엇보다 더

정형화된 미의 관념에서 벗어나 있는 그대로를 아름답다고 느끼는 세상이 열렸다. 하나의 큰 흐름이고 시대정신이다. 방송은 물론 사회 곳곳에서 변화의 물결이 일고 있다. 아이들이 가지고 노는 인형만 봐도 그렇다.

현대 금발미녀의 상징, 바비(Barbie)인형은 태어날 때부터 현실을 왜곡했다. 완벽한 신체 비율은 그 자체로 거짓이었다. 물론 여신처럼 황금 비율의 몸매를 가진 연예인도 있을 거다. 하지만 이는 극소수다. 완벽해 보이는 연예인도 화장 뜯어내고, 옷 뜯어내고 자세히 보면 저마다의 결함을 가지고 있다.

인간의 실제 모습을 제대로 담아내지 못했던 바비는 이제 몰락의 길을 걷고 있다. 한때 까만 피부 인형이나 아시아인의 모습을 본뜬 인형을 만들며 시대정신을 놓치지 않으려 노력하기도 했지만 역부족이었다. 실존의 미학에 눈을 뜬 소비자를 만족시킬 순 없었다.

이 틈을 비집고 불량소녀 브랫츠(Bratz) 인형이 등장했다. 커다랗고 두꺼운 입술에, 크고 매서운 눈을 가진 소녀다. 주변에서 흔히 볼 수 있는 센 언니다. 심지어 얼굴에 흉터도 있다. 한술 더 떠 이제는 '생얼' 인형도 나온다. 실제 모습이 더욱더 세심하게 잘 반영되었다.

실존 자체를 아름답게 봐주는 시대에 태어나서 다행이다. 이젠 정형화된 아름다움만을 억지로 좇으며 살지 않아도 된다. 이제야 나도 외부가 아니라, 내 안에서 아름다움을 발견할 수 있게 됐다.

오글거리지만, 내가 날 보고 홀딱 반해버렸던 순간이 있다.

작가이다 보니 원고를 쓰는 게 주된 일상이다. 뇌를 쥐어짜 내는 일이다. 답답한 마음에 머리를 잡아 뜯는 경우도 허다하다. 때론 머리통을 손으로 문대기도 한다.

그러다 보니 글을 마무리 짓고 거울을 보면 머리카락이 엉클어져 있다. 젤을 발라둔 상태에서 흐트러져 더 이상하게 뾰족뾰족해 보인다. 드래곤볼에 나오는

손오공 헤어스타일이랄까.

이런 상태로 편의점에 가면 알바생 시선이 어김없이 내 머리로 향한다. 말은 안 하지만 그도 알고, 나도 안다. 밖에 나올만한 머리 모양은 아니라는 걸. 아마 머리도 안 감고 다닌다고 생각할 거다. 이상한 범죄자로 보지 않으면 땡큐다.

근데 난 이때 내 모습이 제일 멋있는 것 같다. 거울을 보면서 나만의 환상에 빠진다. 약간의 다크 서클, 쌍꺼풀이 생긴 눈, 엉망이 된 머리. 저건 분명 오늘 하루를 치열하게 살아냈다는 증거다. 고독한 사유를 끝낸 천재 작가 같은 모습이라고 할까. 풋, 말하고도 웃기다.

다시 한번 뚫어지게 거울을 쳐다본다. 눈 밑에는 주름이 자글자글하고, 이마에는 어렸을 때 넘어진 흉터 자국이 난무하는 내 얼굴. 얼굴이 비대칭이어서 안경을 아무리 똑바로 써도 안경이 삐뚤어져 보이는 모습을 한 저 인간이 바로 나다.

봐도 봐도 참말로 멋진 녀석이다. 잘생기진 않았지만

나 말고 이런 외모를 가진 이가 세상에 또 있던가. 유일무이한 고귀한 녀석. 세상을 바꾸지는 못했지만, 나를 바꿔낸 혁명가 같으니라고. 최고다, 최고. 쪽쪽쪽! 사랑한다, 문성철!

우울증을 읽어내는 법

　『데미안』의 저자, 헤르만 헤세는 어떤 명저가 유명하다는 이유로, 어떤 작가가 대가라는 이유만으로 그 작품을 읽는 건 잘못이라고 지적했다. 그는 어떤 외부의 기준이나 교양의 잣대에 얽매이지 않고, 자신에게 감명을 준 작품이 무엇인지를 알아가는 게 중요하다고 했다. 자신에게 어울리는 작품부터 먼저 읽어야 한다고 권했다. 그의 철학이 특별한 이유는 책을 읽는 목적을 '지식 습득'보다 '자신을 알아가는 것'에 뒀기 때문이다.

['독서 노트' 초기 버전]

① 청소년기

요약
～～～～～
～～～～～
～～～～～
～～～～～
～～～～～
～～～～～
～～～～～
～～～～～
～～～～～
～～～～～

② 20대 초반

요약	내 생각
～～～	
～～～	
～～～	
～～～	
～～～	
～～～	
～～～	
～～～	
～～～	
～～～	

그의 가르침을 좇아 나도 나름대로 독서력을 키워
왔다. 노력의 하나로 중학생 때부터 꾸준히 '독서 노트'
를 써왔다. 그런데 지금의 독서 노트 모습은 이십 년 전
과는 판이하다.

처음에는 책을 읽고 요약만 했다. 내용을 기억하기
위해서였다. 이놈의 암기 중심 학습법. 받아들인 지식

하나하나를 정답으로 생각하고 삶에 적용하려 했다. 멋있어 보이는 말들은 죄다 적어놨다가 외웠다. 그리고 '말씀대로' 살려고 노력했다.

시간이 흘러 주민등록증을 받았다. 투표란 걸 하게 되면서 그제야 내가 '선택'할 수 있단 사실을 몸소 깨달았다. 이때부터는 어떤 지식을 습득하면 옆에 반드시 내 생각을 끼적여 뒀다. 한 단계 성장했다.

✱ 나를 중심에 놓고 세상을 바라보는 여정

그러다 우연히 『탈무드』 원본을 보게 됐는데 충격이었다. 유대인의 정신적 지주 역할을 해온 탈무드는 천 년에 걸쳐 쓰인 책이다. 그리고 지금까지도 여전히 진화 중이다. '진화'라는 단어를 굳이 쓴 이유는 내용이 계속 변하기 때문이다.

『탈무드』를 펼쳐보면 정중앙에 핵심 내용이 적혀 있

고, 주변에 다양한 해석이 적혀 있다. 정답이 딱 정해져 있는 일반적인 종교 경전과는 딴판이다. 주요 메시지도 원론적이고, 매우 난해하게 서술돼 있다.

이걸 해석해나가는 게 탈무드 공부의 핵심이다. 정해진 대로, 적혀진 대로 외우고 받아들이는 것이 아니라 원본을 어떻게 해석할지가 더 중요한 포인트다. 어떤 주제라도 이리 보고, 저리 보고, 뒤집어 보면서 자신만의 의견을 덧붙여나간다. 그래서 탈무드 공부방은 항상 시끄럽다. 토론과 논쟁을 수시로 벌여서다. 싸우는 것처럼 보일 정도로 치열하게 사유한다.

여기에서 영감을 얻어 독서 노트 형태를 업그레이드했다. 요약문을 한가운데 써두고, 생각이 바뀌거나 새로운 아이디어가 떠오를 때마다 날짜와 함께 추가로 기록했다.

그러다 불현듯 깨달았다. 내가 만든 지식에서조차 여전히 내가 중심이 아니었다는 걸. 타인의 생각을 중심에 놓고 자꾸 겉돌고 있었다. 독서 노트가 타인의 생

['독서 노트' 현재 버전]

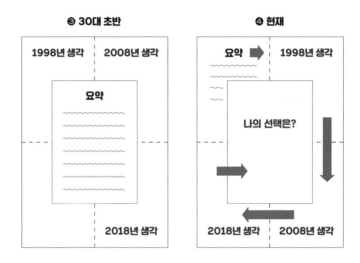

③ 30대 초반

1998년 생각 | 2008년 생각

요약

2018년 생각

④ 현재

요약 ➡ 1998년 생각

나의 선택은?

2018년 생각 | 2008년 생각

각들이 뛰어노는 놀이터로 전락해버렸다.

나를 중심에 놓고 세상을 바라봐야 하는데, 세상을 중심에 놓고 나를 바라보고 있었다. 이때부터 습득한 지식을 시작점에 놓고, 궁극적으로 나를 알아가는 방향으로 독서 노트를 다시 써나가고 있다.

내 세계관이 마침내 중심에 자리 잡았다.

우울증을 읽어내는 여정도 똑같았다. 넘쳐나는 지식만 삼키려다, 정답만을 찾으려다 날 잃어버렸다. 인제야 겨우 정신 차리고 생각의 근육을 다시 키워나가고 있다.

어금니 꽉 깨물고 생각하고, 생각하고 또 생각해봐야지.

마무리하며
삶을 완주해냈다면
그걸로 충분해

'희로애락⋯⋯.'

'락희로애!'

밤의 침묵이 날 짓누를 때면 한 번씩 읊어보는 말이
다. 인생의 종점이 슬픈 순간이 될지, 기쁜 순간이 될지
는 알 수 없다.

구슬픈 장면으로 끝난다고 해서 슬픈 삶인 것도 아
니고, 기쁜 장면으로 끝난다고 꼭 해피엔딩 스토리가
되는 것도 아니다. 어떻게 끝나든, 인생 전체를 놓고 보

면 모두 의미 있는 '엔딩 컷'이다.

삶을 완주해냈다면 그걸로 충분하다.

인생에 즐거운 일만 있다면 즐거움은 빛이 바랜다. 아니, 존재할 수조차 없다. 슬픔이 있어야 기쁨이 의미가 있는 거다. 어둠이 없다면 빛이 밝은 걸 알 방법이 없는 것처럼.

누구나 이야기가 깔끔하게 기쁜 장면으로 끝나길 바란다. 하지만 그건 욕심이다. 인간인 우리가 스스로 마지막 모습을 선택할 순 없다. 오로지 절대자만이 결정할 수 있을 뿐.

엄마 인생도 그랬다. 끝 장면은 슬픔이었다. 아픔을 견뎌내며 대단원의 막을 내렸다. 마지막 순간에 안타깝게 아프셨지만, 이 모습만으로 인생 전체를 평가할 순 없다. 희로애락을 관통하는 일직선에서 몇 개의 점에 지나지 않는 사건일 뿐이다.

엄마는 멋쟁이였다. 거리의 철학자처럼 일상 속에서 치열하게 사유했다. 내가 작가가 될 수 있었던 것도 어렸을 적부터 엄마가 해준 재미난 이야기들 덕분이었다. 엄마는 그 누구보다 명석하고 유쾌한 사람이었다.

그리고 오랜 시간 동안 날 수호해줬다. 나란 미물은 앞도 못 보고, 목을 가누지도 못한 채로 태어났다. 시력이란 게 생겨서 겨우 앞을 보게 되었지만, 혼자 할 수 있는 건 하나도 없었다. 배가 고파도, 잠이 와도 엄마만 부르면서 울었다. 태어난 지 한참이 지나서야 겨우 몸을 뒤집고 간신히 기었다. 일어나고 넘어지기를 수없이 반복하는 동안 엄마는 한결같이 내 뒤에 서 있었다. 비가 오나, 눈이 오나 매의 눈으로 위험한 물건들로부터, 범죄자로부터 나를 지켜냈다.

기억에는 없지만, 진실이다. 살아있는 내가 바로 그 증거다.

그뿐인가. 엄마가 내 무의식에 우리 아들은 '매력 덩어리'라고, '잘 해낼 거야'라고 쾅쾅 찍어놓은 도장은 지금까지도 날 일으켜 세운다.

아픈 엄마가 아니라, 나를 끔찍하게 사랑해준 엄마
가 진짜 본질이다.

인제 좀 철이 든 거 같다.

책읽는귀족 도서 목록
(2019년 2월 기준)

· ·

01 멘토를 읽다 : 에세이(마광수 지음)
120×186 │ **208**쪽 │ **값 12,000**원 │ **2012년 9월 10일 발행**

02 별것도 아닌 인생이 : 장편소설(마광수 지음)
135×195 │ **544**쪽 │ **값 13,800**원 │ **2012년 11월 20일 발행**

03 모든 것은 슬프게 간다 : 시집(마광수 지음)
128×205 │ **192**쪽 │ **값 10,000**원 │ **2012년 12월 30일 발행**

04 청춘 : 소설(마광수 지음)
135×195 │ **208**쪽 │ **값 10,000**원 │ **2013년 1월 30일 발행**

05 나의 이력서 : 에세이(마광수 지음)
150×220 │ **296**쪽 │ **값 13,000**원 │ **2013년 3월 20일 발행**

06 상상놀이 : 단편소설집(마광수 지음)
135×195 │ **224**쪽 │ **값 11,000**원 │ **2013년 4월 20일 발행**

07 길천사들의 행복 수업 : 에세이(최복자 지음)
150×210 │ **256**쪽 │ **값 15,000**원 │ **2013년 05월 20일 발행**

08 육체의 민주화 선언 : 인문(마광수 지음)
150×220 │ **248**쪽 │ **값 13,000**원 │ **2013년 5월 30일 발행**

09 2013 즐거운 사라 : 소설(마광수 지음)
135×195 │ **200**쪽 │ **값 11,000**원 │ **2013년 6월 30일 발행**

10 고딩 정원이의 미국 생활 생생 다이어리 : 청소년(최정원 지음)
150×210 │ **208**쪽 │ **값 13,000**원 │ **2013년 8월 30일 발행**

책읽는귀족 유튜브(YouTube) 채널 오픈!

유튜브 채널 ▶ 에서 '북소믈리에와 함께하는 책 이야기'로
책읽는귀족의 책들을 만나 보세요!

• 책읽는귀족의 책들을 직접 기획하고 편집한 『우리는 어떻게 북소믈리에가 될까』의 저자,
조선우 북소믈리에가 들려주는 생생한 편집후기와 독서에 관한 이야기

• 『발칙한 꿈해몽』의 저자가 말하는 예지몽과 꿈해몽의 3가지 법칙 등에 관한 꿈 이야기들

• 『서양철학사와 함께하는 패턴 인식 독서법』의 저자가 말하는 글쓰기, 롯데백화점(일산
점) 문화센터에서 강의했던 글쓰기에 대한 알짜 정보를 유튜브에서 만나다

다음(daum)에서 책읽는귀족으로 검색하면 유튜브 동영상이 검색됩
니다. 또는 책 제목으로 검색하세요.

바로 가기를 원하시면
책읽는귀족 홈페이지(http://noblewithbooks.com), 또는 책읽는귀족 네이버 카페에서
'북소믈리에와 함께하는 책 이야기' 유튜브 채널 링크를 만나보세요.

우울해도 괜찮아

초 판 1쇄 인쇄 | 2019년 2월 8일
초 판 1쇄 발행 | 2019년 2월 15일

지은이 | 문성철
펴낸이 | 조선우 • 펴낸곳 | 책읽는귀족

등록 | 2012년 2월 17일 제396-2012-000041호
주소 | 경기도 고양시 일산서구 대산로 123, 현대프라자 342호(주엽동, K일산비즈니스센터)

전화 | 031-944-6907 • 팩스 | 031-944-6908
홈페이지 | www.noblewithbooks.com
E-mail | idea444@naver.com

출판 기획 | 조선우 • 책임 편집 | 조선우
표지 & 본문 디자인 | twoesdesign

값 12,000원
ISBN 978-89-97863-96-9 (03810)

. . . .

이 도서의 국립중앙도서관 출판예정도서목록(CIP)은
서지정보유통지원시스템 홈페이지(http://seoji.nl.go.kr)와
국가자료공동목록시스템(http://www.nl.go.kr/kolisnet)에서
이용하실 수 있습니다.
(CIP제어번호: CIP2019001929)